Johann Traugott Lindner

Wanderungen durch die interessantesten Gegenden des Sächsischen

Johann Traugott Lindner

Wanderungen durch die interessantesten Gegenden des Sächsischen

1. Auflage | ISBN: 978-3-75243-410-1

Erscheinungsort: Frankfurt am Main, Deutschland

Erscheinungsjahr: 2020

Outlook Verlag GmbH, Deutschland.

Reproduktion des Originals.

Wanderungen
durch die interessantesten Gegenden
des
Sächsischen Obererzgebirges.

Ein Beitrag

zur speciellern Kenntniß desselben, seines Volkslebens, der
Gewerbsarten, Sitten und Gebräuche

vom

Finanzprocurator *Lindner*

in Schwarzenberg.

Von Zwickau [1] aus nach dem Obergebirge.

Wer etwa vor 15 oder 20 Jahren die alte Schwanenstadt mit ihrem wunderlichen Dach- und Giebelwerk, den regellosen Fenstern und den häufig in Stein eingehauenen Schnörkeln zum letzten Male sah und sich an die menschenleeren, hin und wieder mit Gras bewachsenen Gassen, sowie an den Gürtel von Mauerwerk, womit Kaiser Heinrich der Vogler vor Jahrhunderten schon die Häuserschaar mit seiner Menschheit eingeschnallt hatte, erinnert, und kommt jetzt unvermuthet dahin – der wird sich die Augen reiben und ungewiß sein, ob er träume oder wache. Hohe, Palästen ähnliche Gebäude haben sich in und außer der Stadt erhoben, und vielen alten unförmlichen Häusern hat man bereits die Jacke abgezogen, um sie für die Ansprüche der Zeit in ein passenderes Gewand zu hüllen. Die Organisation eines Appellationsgerichts, einer Kreisregierung, eines Kreiskrankenhauses u. s. w. hat die Stadt und die nahe Umgegend ungewöhnlich lebendig gemacht und wird sie in unglaublicher Eile mit einer seegensvollen Gewerblichkeit beglücken, wenn die bald vollendete Eisenbahn den Steinkohlenreichthum in weite Gegenden rastlos verfrachtet. Die Tuchmacherei, das Krempelsetzen, das Messerschmieden und wie sonst alle die Beschäftigungsarten der Zwickauer Bürger in der Vorzeit geheißen haben, stellen sich gegen die Gewerbsweisen der Gegenwart in den Hintergrund, weil es rathsamer erscheint, nach dem zu greifen, was besser lohnt.

Die Lebensherrlichkeiten in Zwickau sprechen jeden Fremden um so mehr an, als er sich von dem Personal der Mittel- und Unterbehörden und vielen andern des Bürgerthums mit Herzlichkeit, Wohlwollen und fröhlichem Scherz in den Stunden der Erholung umflochten sieht. Hier wandelt in den Sommerabenden Mancher dem Bergkeller zu und trägt, wenn auch nicht gerade den letzten, Obolus über den Styx für den finstern Charon, hier Pippig genannt. Wie leicht söhnt sich hier nicht Jeder unter dem Schatten der Linden mit den Mühen des Lebens aus, und wie sehr fühlt sich hier das Herz gestärkt, wenn es Sorge und Kummer drückt. Nur dann wird das Gemüth zu ernsten Betrachtungen gestimmt, wenn man das Schloß Osterstein im Innern der Stadt ins Auge faßt. Einst von Wiprecht Grafen von Groitzsch erbaut, ist es gegenwärtig ein Landesarbeitshaus für Verbrecher und Taugenichtse, welche es stets vollzählig, wohl auch übercomplet, zu erhalten wissen: denn wir leben in der Zeit philanthropischer Maximen und Humanitäts-Hätscheleien, welche derartige Häuser zu einem Mittelding zwischen Straf- und Ausfütterungs-Anstalten umgewandelt haben. In der Gegenwart, wo in dicker Bevölkerung Müßiggang und Genußsucht mit allen ihren Lockungen an der Entsittlichung rütteln und der Strafrechtspflege in die Hände arbeiten; wo man ringsumher über Abnahme, Vernachlässigung und Erkaltung des religiösen Sinnes für Kirche und Schule klagt und aus einer solchen moralischen Versumpfung die Verbrechen aufsteigen sieht, wie giftige Schwaden, in einer solchen Periode – ist das Princip der Butterbemmen für einen ungezogenen Jungen am unrechten Orte. In einer solchen Zeit sollte der Untersuchungsarrest, bei erlangter Gewißheit der Uebelthat, hart, der Aufenthalt in den Strafanstalten aber, nach Maasgabe der Individualitäten, kurz, jedoch abschreckend sein, ohne deshalb Leben und Gesundheit zu gefährden. So ist es aber gegenwärtig umgekehrt: der Sträfling wird zwar zur Arbeit angehalten, auch wohl angestrengt, was er, ehe er Verbrecher wurde, hätte freiwillig thun sollen; allein inmitten einer namhaften Kammeradschaft findet er gute Kost, Reinlichkeit in Wäsche und Betten und, bei einer Gefügigkeit gegen seine Aufseher und Zuchtmeister, eine nicht unfreundliche Behandlung. Nach Ablauf der Strafzeit legt er seine eigenen Kleider wieder an, die gar oft zu enge geworden sind, weil er sich in der Anstalt fett gefüttert hat, und kehrt zu den Seinigen zurück, wenn er es nicht vorzieht, unter Wegs wieder zu stehlen oder sonst das Gleis des frühern Lebensweges zu befahren, um bald in die Arbeits- und Speisesäle der Anstalt wieder einzutreffen. Es ist thatsächlich und wir finden es in öffentlichen Blättern überall bestätiget, daß in den Ländern, wo in den Strafanstalten das Humanitätsprincip vorwaltet, sich die Verbrecher in denselben von Jahr zu Jahr in der Art vermehren, daß allenthalben auf Erweiterung und wohl gar auf ganz neue Localitäten Bedacht genommen werden muß. Ist die Strafzeit abgelaufen und hat sich der Verbrecher, wie man zu sagen pflegt, mit dem Gesetz ausgesöhnt: so trifft nun den Entlassenen, im schroffen Gegensatz zur philanthropischen Hätschelei, eine Art moralische Vernichtung, *welche in dem Verluste aller politischen Ehrenhaftigkeit* besteht und bis zum Grabe reicht. Ist er Handwerker – er kann nicht mehr bei Innungsversammlungen erscheinen; wäre er zum Soldatenstand tauglich – dieser mag ihn nicht; und wollte er in der Ferne Arbeit suchen – so verfolgt ihn das Schaamgefühl, wenn er Obrigkeiten und Polizeidienern seine Legitimation vorlegen soll, denn diese erzählt, daß er ein Sträfling war. Keine gute Handlung, welcher Art sie auch sei, kein Fleiß, kein musterhaftes Betragen giebt ihm den Stab zur Aufrechthaltung in die Hand, um die äußere Ehre wieder zu gewinnen, er kann nicht Cymbelträger in seiner Gemeinde werden. Wie schmal ist nicht die Kluft zum Rückfall! Sie füllt kein Besserungsverein aus, weil das Gebet des Herrn: *»Vergieb uns unsere Schuld, wie wir vergeben unsern Schuldigern«* bei der Criminalrechtspflege keine Geltung hat.

Balthasar Cossa, ein neapolitanischer Edelmann, war zu Anfange des funfzehnten Jahrhunderts ein Seeräuber; um dem Strafrechte zu entgehen, floh er mit seinen geraubten Schätzen in ein Kloster, verschleierte sich in scheinbare Tugend, wurde Papst und nannte sich Johann XXIII. Der ehrlose Schmidt Glöckner in Unterwalden errang mit seiner anrüchigen Schaar in der Schlacht bei Morgarten 1543 durch Tapferkeit seine bürgerliche Ehre wieder. Warum soll in unserer sentimentalen Zeit ein Verbrecher, nach überstandener Strafzeit und wenn er Jahrelang ein unbescholtenes Leben führte, bis ans Grab aller Ehrenhaftigkeit verlustig bleiben, und warum sollen Weib und Kinder die Schmach des Mannes und Vaters tragen helfen, bis sie der Tod abruft? Ach! ihr braven Besserungsvereiner, euer Schaffen und Thun heißt: – Bahne kehren im Schneesturm![2]

Doch, wir verfolgen unsere Wanderung und betrachten nur noch flüchtig das Krankenstift, welches seine Entstehung dem Herrn Medicinalrath Dr. Unger in Zwickau verdankt und für das sächsische Gebirge und Voigtland bestimmt sein soll, wenn chronische Kranke und Gebrechliche ärztliche Hülfe bedürfen. Die Absicht ehrt allerdings die vielfachen Bemühungen und die Männer, welche zu der Abführung pecuniär die Hände boten. Ob aber das »sächsische Erzgebirge« von dieser großartigen Anstalt für seine Leidende im Allgemeinen Gebrauch machen kann – wird die Zukunft lehren. Das Gebäude selbst ist palastartig und mit solchen Verzierungen versehen, die nicht leicht der innern Bestimmung entsprechen. Es ist ein persischer Shawl, unter welchem Schmerz und Elend Linderung und Abhülfe finden sollen.

Das Pfahlbürgerthum, welches nicht mehr durch Mauern, Graben und Thore vom Ringe getrennt ist, freut sich nun der bequemern »Annäherung«, hobelt und glättet an seinem Häuserwerk und läßt geschmackvolle Wohnungen an seinen fruchtreichen Gärten aufsteigen, daß die innere Stadt alle Hände voll nehmen muß, um sich nicht überflügeln zu lassen, besonders wenn der Eisenbahnhof seine Lebendigkeit entfaltet haben wird. Und in der That, man geht von dem ehemaligen Schneeberger Thore an der Mulde hinauf bis nach Silberstraße wie in einem sogenannten Englischen Park. Hier tritt uns die umfängliche Schaafwollespinnerei des Herrn Kreisoberforstmeisters von Leipziger entgegen; da breiten sich stattliche Güter und freundliche Häuser am rechten Ufer der Mulde aus, welche erstere wohlhabende und reiche Steinkohlenbauern bewohnen; es ist Schedewitz mit seinem Kirchthurm, welcher im Kleinen aussieht wie eine verkehrt aufgestellte Möhre, und Bockwa; oben von einer stattlichen Höhe herab, schaut Oberhohndorf, welches über und unter der Erde seine geseegneten Ernten hält, ins Thal hernieder. Unten in der Thalsohle breiten sich lange und breite verangerte Flächen hin, um welche herum, nah und fern, Dampfmaschinen ihre schwarzen Rauchsäulen in die Lüfte schieben und den Steinkohlenarbeitern Wasserlosung verschaffen. Hinter Oberhohndorf zieht sich durch die Felder hinauf ein Dörflein mit einer Schaar menschenleerer Häuser – so scheint es – es sind alles Kauen über Steinkohlenschächten, deren

Besitzer von früher Zeit her keine gemeinschaftliche Fahrt und Förderung unter sich haben mochten und lieber ihre Feldbreiten nach Steinkohlen für sich durchlöcherten. Der größere Kostenaufwand durch Absenkung so vieler Schächte, die Verschwendung an Schachthölzern und der Verlust an nutzbarem Boden für Haldenstürze, An- und Abfuhren der Steinkohlenkäufer, konnte keine nützlichere Gemeinschaft für die Eigner der Steinkohlenfelder erringen.

Eine lange umbuschte Hügelreihe steigt vom Schlosse Planitz hernieder und taucht ihre Füße in die gekräuselten Wellen der Mulde. Hier in

Kainsdorf

ist seit einigen Jahren ein großartiges Eisenhüttenwerk entstanden, welches auch Königl. Marienhütte genannt wird. Die centralisirte Kraft einer Actiengesellschaft schuf schnell eine Schaar räumlicher Gebäude; allein wie alle menschliche Unternehmungen ihr Gedeihen erst in mehrjährigen Erfahrungen und in endlosen Versuchen ihre Lehrer finden, so ist es auch hier.

KÖNIGIN MARIEN-HÜTTE.

Und da wir nicht zu den Technikern der Eisenwerke selbst gehören, so bleibt das Schicksal dieses Werks Männern vom Fache überlassen mit dem Wunsche, daß keiner der Herrn Actionäre Abel heißen möge, wenn sie mit Kains-Dorf in engere Berührung kommen.

Interessanter ist für den Wanderer der unterirdische Steinkohlenbrand ohnfern des vorgedachten Eisenhüttenwerks am Galgen- und Schenkberg Planitzer Seits. Dieser Brand ist gegen 250 Jahre bekannt und erwärmt die über ihm liegenden Stein- und Erdschichten so, daß im Winter sich weder Schnee noch Eis darauf erhalten kann und er daher bei großer Kälte der Aufenthalt für Hasen und Rebhühner in den Winternächten wurde. Der Brand selbst ist offenbar durch Zersetzung des Schwefelkieses bei dem Zutritt atmosphärischer Luft entstanden, und kann seinem Weitergreifen nur durch Absperrung derselben mit Erfolg entgegen gearbeitet werden. Der Brand selbst ist wahrscheinlich nur eine natürliche Verkoksung im Großen. Der Herr Dr. Geitner in Schneeberg hat sich das Verdienst erworben, dieses stets erwärmte Kohlenfeld contractlich vom Eigentümer, Herrn Kammerherrn von Arnim, an sich zu bringen, um eine Kunstgärtnerei darüber anzulegen, die Jeder sich zeigen lassen möge, der zum Vergnügen das Gebirge bereist. Tropische Gewächse gedeihen wunderschön, und für die Küche werden fast in jeder Jahreszeit Früchte und Gemüse gezogen, die man in andern Gärtnereien, die einer solchen natürlichen Erdwärme entbehren, nur in Sommermonaten erhalten kann.

In der Thalebene am rechten Ufer der Mulde hin führt uns der Weg durch Niederhaßlau, Bogenstein, Oberhaßlau und Silberstraße, zwischen lachenden Wiesen und Laubholz; hinter und unter Fruchtbäumen schauen freundliche Wohnungen hervor, gelehnt an einen steilen Bergrücken, welcher theilweise der Uebergangsformation angehört, und lauschen nach der stets lebendigen Landstraße. Unterhalb des erstgenannten Dorfes hat man in der Grauwake Zinnober entdeckt und sich darauf mit Bergarbeit eingelegt. Wer überhaupt des Sinnes ist, die Steinkohlenformation von Zwickau mit seiner vergrabenen Flora, welche ihren Untergang in Zeitperioden fand, die keine Geschichte kennt, näher ins Auge zu fassen, der vergesse nicht, sich deshalb an den eben so gefälligen als kenntnißreichen Herrn Hauptmann von Gutbier in Zwickau zu wenden, von welchem die umfänglichsten und lehrreichsten Nachrichten zu erlangen sind.

Das Dorf Oberhaßlau, welches nur durch die Mulde von der nachbarlichen Silberstraße, sonst »Arme Ruh« geheißen,[3] getrennt wird, wird von einer Menge Häusern überschaut, welche sich an einem mit Kiefern bewachsenen steilen Gebirge sonnen und an die Villen der Weinberge bei Dresden erinnern. Das hier herrschende Uebergangsgebirge gruppirt sich mit Laub- und Nadelgrün in mannigfaltigen Formen, und das Mühlwehr unter der Brücke staucht das Wasser zurück, damit der kleine hinter dem Gasthof gelegene Park und die romantischen Partien umher in seiner Spiegelfläche kokettiren können. Die kleinen anmuthigen Naturschönheiten, welche, etwa eine Geviertmeile groß, das Thal und seine Gehänge umflattern, werden mit ihren Dörfchen und ihren herum gezettelten Häusern mit einer wahren Musterkarte von Justizverwaltung in der Art umschlungen, daß, wie z. B. in Zschocken, drei verschiedene Gerichtsbarkeiten bestehen. Es giebt neben der Königl. Sächsischen auch Fürstlich Schönburgische, Standesherrschaftl. Wildenfelsische, Adelig Arnimsche, des Raths zu Zwickau Afterlehnsche und andere Herrl. Patrimonial-Justizpflege, so daß die Gerichtsbefohlenen für ihr Geld überall mit Gerechtigkeit versorgt werden können, wenn sie es nicht vorziehen, ihr Geld in die Lade zu legen.

Wiesenburg.

Von Silberstraße aus verläßt man die Mulde und wandert der Chaussee entlang nach dem eigentlichen Obergebirge und seinen Fernsichten. Doch wer eben nicht mit der Zeit geizig zu sein braucht, wird sich auch vielfach belohnt finden, im Muldenthale fort zu schlendern und die alten Burgen und Schlösser zu Wiesenburg, Wildenfels, Stein und Hartenstein zu betrachten, die, wie alte willkürlich aufgerichtete Wachtthürme, wahrscheinlich unter Kaiser Heinrich dem Vogler gegen den Andrang der rebellischen Wenden zu Ende des neunten Jahrhunderts erbaut worden sind und später die Bestimmung erhielten, durch Burggrafen von Reisenden einen Zolltribut oder wohl auch die ganze Baarschaft einfordern zu lassen.

Die alte Wiesenburg mit ihren Zubehörungen erkaufte den 2. Nov. 1663 der Churfürst Johann Georg II. um 65,000 Thlr. von Philipp Ludwigen Erben zu Norwegen. Die Ueberbleibsel von der ehemaligen, vielleicht sehr stattlichen Burg wurden bis vor etlichen Jahren für den Sitz des Justizamtes benutzt, welches in einem finstern Parterrneste sich im Sehen übte, wie die Eulen in der Dämmerung. Ein alter unbehülflicher Thurm und ein niedriges, aber langgestrecktes Mauerwerk konnte mit einem gummiguttifarbigen Staubmantel, mit dem man denselben wunderlicher Weise vor mehreren Jahren bekleidete, nur verlieren. Die Gebäude des fiscalischen oder sogenannten Kammergutes, das ehemalige von Nostitzische Sommerhaus, so wie daß hier der rühmlich bekannte Dichter und Defensor Döhnel seine Lieder singt und Vertheidigungen schreibt – lassen eine angenehme Erinnerung zurück.

Zu der Menge von Burgen und Schlössern, welche sich an den Ufern der Mulde erheben, gehört auch

Wildenfels

mit nicht viel mehr als 1200 Einwohnern in 145 Häusern. Wer und wenn das Schloß erbauet – ist nicht genau bekannt. Lehmann in seiner Chronik sagt, daß dasselbe im Jahr 1410 Konrad von Tettau besessen habe. Die Bauart der Schlösser an der Mulde läßt wohl vermuthen, daß sie damals eine andere Bestimmung hatten, als den Reisenden aufzulauern und denselben Hab und Gut abzunehmen, wie mehrere Geschichtschreiber glauben. Im 4. Jahrhundert haben offenbar die Hermunduren das Schönburgische Gebiet bewohnt, und nach ihnen sind die Thüringer aufgetreten, bis auch sie von den Slaven vertrieben wurden, welche beinahe ein ganzes Jahrhundert die Schönburgischen Gaue cultivirten und unter fränkischer Herrschaft gegen einen Tribut gesichert fanden, bis die Sorben, welche man zur Annahme der christlichen Religion zu zwingen gedachte, gar böse Händel gegen die Franken, Sachsen und Thüringer anfingen, welche zu rohen Aufständen ausarteten und so lange blutige Kämpfe mit abwechselndem Glücke herbeiführten, bis Heinrich I., Herzog von Sachsen, gegen sie auftrat und ihre Selbständigkeit bald ganz vernichtete. Dabei ließ er es aber nicht bewenden, die Sorben für die Gegenwart unterjocht zu haben, sie sollten es auch für die Zukunft bleiben. Deshalb führte er überall zu ihrer Bewachung Burgen auf und legte deutsche Kolonien unter ihnen an. Darum sind die alten Burgen und Schlösser als Denkmäler der rohen Vorzeit zu betrachten, insoweit sie nicht im baulichen Wesen und für die Wohnlichkeiten der Fürsten, Grafen und Adeligen in der Gegenwart erhalten worden sind. Die neuere Zeit hat es auch möglich gemacht, daß bürgerliche Geldaristokratie derartige Schlösser und Burgen erwerben kann, und man will wissen, daß hier und da der Tribut von den Dingpflichtigen auf gleiche Weise eingebracht wird, wie die ehemaligen Burggrafen zu thun gewohnt waren.

Wildenfels oder vielmehr das benachbarte Kalkgrün ist übrigens noch bekannt wegen des schwarz- und weißgeaderten und bunten Marmors, welcher für Bildhauer hier gebrochen, der Abgang hingegen zu Kalk gebrannt wird, wodurch die Gegend umher an Lebendigkeit und Erwerb gewinnt. Wildenfels hat einen Lehnshof, bei welchem hin und wieder solche alte Lehnsschnörkel noch bestehen, welche der neuern Zeit nicht zusagen. So muß z. B. der Lehnträger des sogenannten Gotteswald in Lößnitz Jahr für Jahr Tags vor Michaelis früh vor Sonnenaufgang im Lehnshof Wildenfels erscheinen und mit vier weißen Pfennigen die Lehn am Gotteswald erneuern.

Das

Schloß Stein mit seinem nachbarlichen Schlosse Hartenstein,

welches erstere kaum ein Stunde Weges von Wildenfels entfernt liegt, macht einen interessanten Eindruck, der mehr der Ueberraschung angehört, wenn man in das Innere der Burg eintritt und sich in einen in Felsen gehauenen Speisesaal versetzt sieht, welcher in heißen Sommertagen ehemaliger herrischer Größe Kühlung zum Gelage darbot. Gegenwärtig wird ein Theil der innern Räumlichkeiten für ökonomische Zwecke benutzt, während die dem Verfalle entgegengehenden übrigen Parzellen Marder und Ratten, zum Schrecken des Federviehes und zum Nachtheil aller freß- und eßbaren Dinge, als würdige Repräsentanten längst vermoderter Herrlichkeiten bewohnen.

Hier führt eine eiserne Brücke über die Mulde, welche die Gegenwart hervorgerufen hat. Von den Passanten wird ein mäßiger Brückenzoll erhoben, welcher aber mehr für den beträgt, der das am linken Ufer gelegene Schweizerhäuschen nicht umgehen kann; denn es ist keine Sennerei, wo man Molkenkur, wohl aber Wein, Schnaps und Bier, öfters auch Concert und Schmäuse findet. Die Herrschaft Stein war ehedem nur ein Schloß und Rittergut, welches zur Grafschaft Hartenstein gehörte. Von den Besitzern der letztern wurde gedachtes Schloß Stein unter andern an die Herrn Trützschler von Eichelberg verafterlehnt. Als aber dieses Geschlecht ausgestorben war, fiel dasselbe als eröffnetes Lehn nebst Oelsnitz den Herrn von Schönburg anheim. Im Jahre 1632 übernahmen dasselbe Otto, Veit und Albrecht der obern Linie um 23,000 fl.

Nach Veits Absterben ward Otto Albrecht einziger Besitzer und vererbte es an seinen einzigen Sohn Ludwig. Nach dessen Tode im Jahre 1701 sollte jeder von seinen vier Söhnen eine Herrschaft bekommen, gleichwohl waren deren nur drei vorhanden. Es wurde daher ein Theil von der Grafschaft Hartenstein abgerissen, zu dem Rittergute Stein geschlagen und zu einer Herrschaft erhoben, – so ohngefähr wie sich heut zu Tage kleine Dynasten den Rang »Königl. Hoheit« selbst ertheilen, – welche Ludwig Friedrich erhielt, bei dessen Nachkommen sie sich noch gegenwärtig befindet.

Nur durch die mannigfaltigen Besitzveränderungen lassen sich die wunderlichen Jurisdictionsverhältnisse der Schönburgischen Besitzungen erklären, welche den Unterthanen zugewiesen sind. Ohngefähr 1702 ist das Amt Stein nach Lößnitz verlegt worden.

Die Prinzenhöhle am rechten Ufer der Mulde ist aus der Geschichte des sächsischen Prinzenraubes 1455 und daß sich Wilhelm von Mosen und

Schönfels mit dem Prinzen Ernst sich in derselben bis zur Ablieferung verborgen hielten, hinlänglich bekannt; auch hat man von derselben, sowie vom Schlosse Stein und Hartenstein, Bilder mancherlei Art.

Zwischen Stein und der Prinzenhöhle zieht sich ein enges Thal hinauf nach Hartenstein und Thierfeld, welches sich in der Nachbarschaft des Oertchens Raum ausmündet. Es wird das Tiefthal genannt und ist in demselben seiner Erstreckung nach periodisch auf Quecksilber gebaut worden, ohne auf nachhaltige Anbrüche zu kommen, die dem Aufwand entsprochen hätten. Die Spuren von vorkommendem Zinnober sind daselbst seit 1566 schon bekannt, und da das bergmännische Sprüchwort: Erz führt wieder zu Erz – nicht ohne Bedeutung ist, so läßt sich vermuthen, daß später geregelter Bergbau seine Seegnungen mit sich bringen wird.

Auf einem gegen 1300 Fuß hohen, aus Thon- und Chlorit-Schiefer bestehenden Berge, welcher der Baslerberg heißen soll, ruht die alte weitläufige Burg

Hartenstein

und schaut hernieder auf seine Wälder und schöne Wildstände, von welchen ersteren sich die Mehltheuer mit ihren herrlichen Buchen, unter welchen Botaniker interessante Pflanzen finden sollen, auszeichnet. Die Geschichte weist zurück auf ihre ehemaligen Besitzer bis auf die Burggrafen von Meißen aus dem Wolfersbach-Hartensteiner Stamm, Meinher oder Meinhard I. u. s. w. bis auf Alfred Fürsten von Schönburg, welcher in diplomatischem Beruf für das Kaiserhaus Oesterreich in Stuttgart lebte, vor einigen Jahren starb und seine Grafschaft Hartenstein an seinen Bruder, den Fürsten Victor   zu Schönburg-Waldenburg,   wahrscheinlich   durch   Vergleich   mit   den Gleichberechtigten, vererbfällte. Die rühmliche Baulust des Letztern wird hoffentlich   das   hier   und   da   defect   gewordene   Schloß   nach   seiner geschmackvollen Weise in der Architectur wieder stattlich herstellen.

Die Schönburgischen Receßherrschaften mit Wildenfels zählten mit Schluß des Jahres 1837 eine Bevölkerung von 201,480 Köpfen, deren professioneller Verkehr   hauptsächlich   in   Weberei   und   Strumpfwürkerei,   mithin   in periodischem   Wohlleben   und   Darben   besteht,   wogegen   Landbau   und Viehzucht ihre Seegnungen nie ganz versagen.

Der Wanderer, dem es hauptsächlich darum zu thun ist, die Anmuth der Natur zu genießen und die Ueberbleibsel der Bauwerke längst verronnener Jahrhunderte zu betrachten, wird es nicht übel aufnehmen, wenn ihn der kundige Führer über Wildenfels zurück bringt und die Chaussee von Zwickau nach Schneeberg zu erreichen strebt, welche durch das obere Ende des Wildenfelser Dorfes Weisbach führt. Hier liegen sieben Gasthöfe auf einem engen   Raum   zusammen,   wie   Schiffe   auf   der   Rhede,   und   legen   ihre Schröpfköpfe an die oft magern Geldkatzen der Fuhrleute, was wenigstens für die aufwärts fahrenden Frachtwagen nicht zu vermeiden ist, weil Alles Vorspann haben muß und die Wirthe dafür sorgen.

Von hier aus genießt man eine weitgedehnte Aussicht nach Nord und West und übersieht die Dörfer Härtensdorf, Grüna, Schönau, Zschocken und mehrere andere mit ihren weitgestreckten Fluren, welche ringsumher eine auffallende mordorérothe Farbe haben, wie sich der Kobaltinspector Beyer in seinen Beiträgen für Bergbaukunde ausdrückt, was theilweise von dem dort häufig vorkommenden purpurrothen Mandelstein und Eisenthontrümmern herrühren mag. Hinter dem sogenannten Kuchenhäuschen an der Chaussee, wo Kaffee, Kuchen und Windbeutel zu haben sind, zieht sich ein mit Wald bedecktes Gebirge, der kleine Hirschstein genannt, empor, von dessen Gipfel aus sich eine Fernsicht nach Leipzig, in das Voigtland und nach den

Reußischen Länderchen eröffnet, welche, wenn es die Klarheit der Atmosphäre gestattet, nicht unbeschaut und unbewundert bleiben darf. Fast ringsumher eine endlose Ebene, ein trocknes Meer, auf welchem in größerer Entfernung Städte und Dörfer, Laubhölzer und lange Zeilen von Alleen, vielleicht an Kunststraßen, in kürzern oder längern Streifen wie Seetang erscheinen und an dem entferntesten Saum des Himmels verschwimmen. Nicht fern vom Standpunkte des Beobachtet steigt ein dicker, riesenhafter Mast aus seiner Hafenstadt empor und überschaut das Küstenland rund umher; es ist – der 268 Fuß hohe Marienthurm von Zwickau. Wir steigen an dem südwestlichen Abhange hernieder und machen einen Abstecher nach

Kirchberg.

Ein in enge Granitschluchten zerrissenes Terrain zwischen dem Geiers und Borsberg bewohnen etwa 3940 Menschen in circa 430 Häusern. Der Haupttheil des Städtchens dehnt sich ziemlich steil auf einem Granitkegel hinauf und hat sich mit Thor und Mauern gesichert, gegen wen? weiß Niemand, während die übrigen Wohnungen bald enge, bald wunderlich verzettelt in den kleinen Thälern mit herkömmlicher Behaglichkeit in mancherlei Baugeschmack umhergeschoben sind. Ein Stück draußen im freien Feld hat sich seit einigen Jahren ein stattliches Gebäude erhoben, in welchem das Königl. Landgericht seinen Sitz hat. Es ist Schade, daß die erforderlichen Räumlichkeiten für diese wichtige Justizpflege nicht in der Stadt ermittelt werden konnten. Wer Kirchberg zum ersten Male sieht, wird geneigt zu glauben, daß es ein großartiges Schießhaus für den Ort sei, oder zwischen der Stadt und dem Landgericht die Heimathsangehörigkeit noch streitig ist. Für die Einwohnerschaft Kirchbergs wäre auch das Landgericht in conversioneller Beziehung offenbar nützlich gewesen, wenn es inmitten ihrer Häusergruppen Platz fand, da derselben bei aller ihrer Gemütlichkeit von frühern Zeiten her manche Gelegenheit abgehen mußte, gleichen Schritt mit den Richtungen des Volkssinnes zu halten. Die Menge von Tuchrahmen, welche überall an sonnigen Stellen errichtet sind, lehret schon von weitem, daß Tuchmacherei und Färberei die Hauptnahrung im Orte ist und eine hervorragende Wohlhabenheit im Verhältniß zu dem gesammten Bürgerthum errungen hat. Das Weißbier Kirchbergs ist eben so weit und breit berühmt, als es verschroten und schon lange Reihen von Jahren nach Leipzig verführt wird. Deshalb findet man auch die weißbierdurstige Einwohnerschaft zu Kirchberg im Arbeitsnegligee sehr fleißig in ihren Schenkstätten, wo sie die Lebendigkeit ihrer Unterhaltung in Cigarrendampf hüllen und gerne dem eintretenden Fremden das schaumige Glas präsentiren. Doch wir eilen weiter und nehmen den Weg nach Grießbach und der goldenen Höhe, von wo aus ein ganz anderes Panorama nach dem Obergebirge ausgebreitet liegt, welches mit der Fernsicht nach Zwickau nichts gemein hat. Zunächst im Vorgrunde liegt

Schneeberg

mit seiner etwa aus 6700 Köpfen bestehenden Einwohnerschaft. Was über diese Stadt, seinen Bergbau, Gewerbsweisen und politischen Zustände gesagt werden kann, findet sich umständlicher in Karl Lehmanns Chronik der freien Bergstadt Schneeberg vom Jahre 1837, als der Zweck vorstehender kleinen Schrift es zu wiederholen gestattet. Die Stadt Schneeberg fand ihre Entstehung theils in dem nachbarlichen, theils in dem Reichthum der erschürften Silbererze in dem Stadtberge und am Fuße desselben, eben so wie fast alle Bergstädte des Obererzgebirges. Es ist mehr als wahrscheinlich, daß der Bergbau in und um dem ältern Nachbarörtchen – Neustädtel – früher im regen Aufschwunge war, als Schneeberg zur Stadt wurde, die 1517 Fuß über dem Meer liegt.

Die Geschichte hat ein seltenes Beispiel von reichem Seegen des Bergbaues auf der Grube St. Georg in Schneeberg aufbewahrt, welches wohl kaum seines gleichen wieder gefunden hat. Auf gedachter Grube, in der Nachbarschaft der jetzigen Stadtkirche nehmlich, kam man im Jahre 1477 auf eine Masse gediegenen Silbers, 1 Lachter (3½ Elle) lang und breit und ½ Lachter hoch, welche 400 Centner wog. Herzog Albert speiste auf dieser riesenhaften Erzstuffe, welche nothdürftig zum Sitzen vorgerichtet worden war, und äußerte dabei: »Unser Kaiser Friedrich ist zwar gewaltig und reich, ich weiß aber doch, daß er jetzt keinen solchen stattlichen Tisch hat.«

Es konnte nicht fehlen, daß, durch solche Seegnungen des Bergbaus aufgefordert, sich die Gegend sehr bald bevölkerte und eine Stadt entstehen ließ, welche an Gewerblichkeit in eben dem Verhältnisse gewann, als die Bereitung des Kobalt zur blauen Farbe entdeckt und für Jahrhunderte hinaus den Bergbau in freudigem Umtriebe und dem Bergvolk selbst ein stabiles Auskommen versprach. Hatten früher die reichen Silberbrüche den raschen Betrieb des Bergbaues ins Leben gerufen, so mußte dieser allmählig erschlaffen, wenn die Bergleute fast allerwärts statt auf Silber auf Kobalt trafen, den doch Niemand zu benutzen wußte; sie nannten ihn deshalb: Silberräuber, verweßtes Silber u. s. w. und ließen sogar in der Kirche zu Neustädtel Gott bitten, daß er sie vor Kobalt bewahren möge. Und wenn der Bergmann traurig von der Grube kam, sagte man: »er hat den Kobalt gesehen,« weshalb derselbe in jener Zeit für ein Gespenst oder sonst für eine unheimliche Vision gehalten wurde. Jetzt ist es anders; denn wenn auch das Ausbringen an Silbererzen nur periodisch auftritt, so sind die Reichthümer an guten Kobalten doch für späte Zeiten hinaus um so beharrlicher, als sich fast kein europäisches Land in Ansehung der Qualität und Quantität mit Sachsen messen kann. Daher erklären sich die vielen Kobaltpaschereien nach dem benachbarten Böhmen, wo er in schlechterer Beschaffenheit zwar vorkommt, aber durch sächsischen erst zu einer guten Waare verarbeitet werden kann[4].

Die Ergiebigkeit des jugendlichen Bergbaues und die Vermehrung des Bergvolkes wurden zur Ursache für die Erbauung und Erweiterung der Stadt Schneeberg, für Anlegung und Ausbreitung des Handels und Wandels, sowie für die Gewerblichkeit des Bürgerthums, um dem Bedarf ringsumher zu gnügen, wozu sich sehr frühzeitig eine Art luxuriösen Lebens in Kleidung und Haushalt gesellte; denn Melzer in seiner Beschreibung von Schneeberg sagt schon im Jahre 1684:

»Eine andere Nahrung hatte man auch weyland von Schleierwirken, davon auch mancher zu guten Mitteln kam, massen denn sonsten anderswo in keiner Stadt dergleichen Gattung mehr, als hier gemachet und ausgenehet worden sind. Aber nunmehro ist an dieser Stadt das Klippeln und der Spitzenhandel kommen.«

Noch jetzt ist die Stadt an Nahrungsquellen geseegnet und übt ihre Ueberlegenheit über einen weiten Umkreis hier mehr dort weniger gedeihlich aus, so daß inmitten des Reichthums und der Wohlhabenheit eine namhafte Schaar Arme wie Fliegen an einem Milchgeschirre kleben, um wenigstens den Geruch vom Inhalte einzuziehen. Es ist überall eine traurige Folge, daß, je größer und wohlhabender eine gewerbliche Stadt oder Ort ist, in welchem ein üppiges Leben in luxuriösen Gebäuden geführt, Kleiderpracht und Möbelwesen zur Schau getragen und kokettirt wird, der Pauperismus wie Schmarotzerpflanzen in gleichem Schritte wuchert. Die Macht des Beispiels und der Drang zur Nachahmung in Kleidung und Kost, sowie die Sucht in rauschenden Vergnügungen, häufig auf Kosten der Gesittung, machen den Boden aus, auf welchem die Mittellosigkeit um sich greift, die Arbeitslust verkümmert und den kleinen, aber doch zufriedenen Hausstand für ein Siechthum erzieht, aus welchem keine Hoffnung für Genesung hervorgeht. Und wenn die dicke Bevölkerung des Obererzgebirges in den Fabriken, Manufacturen und eigentümlichen Gewerbsweisen, die man fast allerwärts antrifft, ihren Grund hat, mithin viele fleißige Hände, bei magerem Verdienst, in Anspruch genommen werden, auf welche der wohlhabende und mit allen Lebensbequemlichkeiten ausstattete Principal herabschaut und daneben sich in Speisen und Getränken aus allen Zonen der Erde mit den Seinigen ein Gütliches thut: so kann es nicht fehlen, daß die Arbeiter beiderlei Geschlechts, die, wie ihre Altvordern, bis zum Grabe im Schweiß des Angesichts ihr Brod essen und Cichorienkaffee trinken, auch bei der Langsamkeit des Fortrückens auf den Stufen der Cultur, ebenfalls von einer Sehnsucht nach Lebensgenüssen ergriffen werden, der sie sehr bald, wenn auch nur in vermindertem Maaßstabe, zum Opfer verfallen. Aus diesen Zuständen geht der eigentliche Pauperismus hervor, der unheilvoll sich mehrt und allen Behörden Sorge und Noth bereitet, Verbrechen brütet, gegen welche keine Strafanstalt schirmt und kein Besserungsverein die Rückfälle mindert.

Das gemeine Bergvolk (versteht sich, im bessern Sinne des Wortes) macht die Handlanger zwischen dem Seegen der Erde und den Gewerkschaften der Blaufarbenwerke, ohne je eine Aussicht zu haben, für sich und ihre meist zahlreichen Familien im Verlauf einer Woche ein Pfund Fleisch in dem Topf zu sehen[5]. Ob es nicht ein gegen den Erz- und Kolbaltpasch sehr heilsames Mittel wäre, wenn der gemeine Bergmann einen Groschen mehr Schichtlohn bekäme, um sich dadurch vor Noth und Sorge zu schützen, mögen wir nicht entscheiden. Und wenn die Klöppel- und Nähmädchen im gleichen Verhältnisse zu ihren wohlhabenden, oft reichen Spitzenherrn, Factoren und Verkäufern stehen, wie die gemeinen Bergleute zu den Seegnungen ihrer Reviere, und jene täglich mit einem wohlbesetzten Tische versorgt sehen: so stellt sich die Sehnsucht heraus, wenn auch unter sehr modificirten Formen, ebenfalls ein genußreicheres Leben zu führen, und sollte es mit gänzlicher Zerrüttung des Hausstandes und auf Kosten der Gesittung verbunden sein.

Zwar kann Schneeberg der Sinn für Wohlthätigkeit und die Sorgfalt der obrigkeitlichen Armenpflege nicht abgesprochen werden; allein für die immer noch im Wachsen begriffene Schaar von Mittellosen – aber Genußsüchtigen – kann von namhaften Summen aus dem Armenfonds doch nur eine kleine Dividende ausfallen, wie überall im Obergebirge, wo sich die Bevölkerung um diese oder jene Gewerbsweise dicht zusammengedrängt hat. Der sogenannte Mittelstand, d. h. solche Familien, welche bei mäßiger Regsamkeit ihren Hausstand aufrecht erhalten, ohne Schulden zu machen, ihr Glas Bier trinken und zum Sonntag »ein Huhn im Topfe« haben, ist im Verhältniß zu denen, welche bei aller Thätigkeit doch kaum das liebe Leben hinbringen, viel zu selten, als daß er einen erquicklichen Uebergang von Reichthum und Wohlhabenheit zu dem Pauperismus bilden könnte, vielmehr erscheint ersterer immer in schroffen Gegensätzen zu letzterm und nöthiget dem Unpartheiischen die Wünsche zur Abhülfe ab, ob er schon nicht weiß, wie dies anzufangen ist.

Wir verlassen die sonst freundliche Stadt, wo jeder Fremde eine fidele Aufnahme findet, und gehen auf der südlichen Seite des Schneeberges nach dem ausgedehnten Neustädtel hinab. Blicken wir zurück, so sehen wir, daß Schneeberg am südlichen Abhange seine Häuser reichlicher ausgebreitet hat, als am nördlichen Abfalle; denn wie ein Kurzwaarenhändler in der Jahrmarktsbude feine Nürnberger Häuserchen in schiefer Richtung aufterrassirt hat, um das Bunterlei den Kauflustigen entgegen zu stellen, ebenso haben sich in ordnungsloser Bequemlichkeit zwischen Baumgruppen und Blumengesträuch eine Menge Wohnungen auf- und übereinander gekästelt, um die Wärme der Sonne und die Aussicht auf das sogenannte Gebirge zu genießen, wo hauptsächlich ihr Silber-, Kobalt- und Wismuthreichthum im Abbaue begriffen ist.

Kaum eine Viertelstunde Wegs von Schneeberg hat Neustädtel seine 268 Häuser, welche ohngefähr 2500 Menschen bewohnen, in eine lange etwas unregelmäßige Haye aufgestellt und läßt Jahr für Jahr In- und Ausländer in den mannigfaltigsten Verrichtungen auf der zwischen hinlaufenden Chaussee die Revue passiren. Rings um das Städtchen erheben sich Zechenhäuser, Kauen und Göpel mit hoch aufgestürzten Halden und gewähren eine wohlansprechende Lebendigkeit.

Von hier aus nach Eibenstock erhebt sich das Gebirge, welches unter dem Namen der »Zschorlauerhöhe« bekannt ist, und bald gelangt man in ein flachmuldiges Thal, welches die Abfallwasser von dem großen und tiefen Filzteiche hinab nach Zschorlau führt. Dieser Teich, welcher hauptsächlich die Wasser für Künste, Pochwerke und Wäschen im Bergwerksreviere liefert, richtete am 4. Februar 1784 durch seinen Dammbruch ein großes Unglück zu Zschorlau und Auerhammer an. Nicht genug, daß die Fluth in beiden Orten 7 Häuser mit Vieh und Habe von Grund aus wegriß und 30 beschädigte: es fanden auch 18 Menschen den Tod. Diese ungeheure Wassermasse spürte man noch, als die damit bereicherte Mulde die Elbe bei Dessau erreichte.

Kaum ist dies flache Thal, durch welches das Gewässer des Filzteiches seinen verderblichen Weg genommen hatte, überschritten, so beginnt der grobkörnige Granit, welcher den ganzen Landgerichtsbezirk Eibenstock einnimmt und häufig noch weit hinaus sich erstreckt. Daher kommt es auch, daß die Chausseen durchgängig in einem vortrefflichen Zustande sind und zur Unterhaltung den Aufwand bei weitem nicht so steigern, wie es in dem Schieferterrain ganz unvermeidlich ist. In diesen Granitbezirken ist die Natur ernster und rauher, als alle die Gegenden, die wir von Zwickau durchwandert haben. Wie ungeheure Ladschober in der Heuerndte, reihen sich die Granitberge, meist in Kegelabschnitten, dicht aneinander und lassen ihre Mäntel, von Fichtengrün, hinab auf ihre verschränkten Füße rollen, welche Forellengewässer bespült. Von

Burkhardtsgrün

aus hat man bei der Chausseegeldereinnahme eine Fernsicht auf das sogenannte sächsische Sibirien, welches diese Benennung in keinerlei Weise verdient. Hier und ringsumher ist der Vogelfang üblich und, wie in andern Gebirgsländern, zu einer Leidenschaftlichkeit ausgebildet, daß der Fang eines Stiglitz, Hänfling, Buchfinken u. s. w. gegen halb oder ganz erfrorne Hände und Füße viel höher steht. Nicht leicht wird es in der Gegend umher, und namentlich in Schönheide, Stützengrün, Hundshübel und mehreren Orten, eine bewohnte Stube geben, wo nicht eine Schaar Vögel in engen Käfigen gefangen gehalten werden. Besonders ist den Hammerschmieden der Krinitz oder Kreuzschnabel von hoher Wichtigkeit, und sie glauben, daß er, wie in andern Gegenden das Meerschweinchen, den Krankheitsstoff von siechen Kindern in sich aufnimmt, weshalb sie diesen Vogel mit seinem engen Häuschen, in welchem er sich kaum drehen kann, unter die Wiegen derselben stellen. Wer versichern will, daß er bei einem Hammerschmied gewesen sei, ohne einen Krinitz bei ihm gesehen zu haben, wird immer den Verdacht einer Lüge auf sich laden.

Das einsilbige Wörtchen »Grün« bezeichnet allezeit den geebneten und ovalrund zubereiteten Platz, auf welchem ein Vogelheerd eingerichtet ist oder werden soll, und da das Obergebirge und das Voigtland eine sehr bedeutende Menge von Ortschaften zählt, die sich mit – grün – endigen, so liegt es sehr nahe, daß in frühern Zeiten die vorgerichteten Stellen, welche man mit Wohnungen zu bebauen gedachte, ebenfalls das »Grün« geheißen, wie wir es von den Harzer und Fränkischen Uebersiedlern wissen, welche ihre Bauplätze ausrodeten, Steingerölle ausreutheten und dann die Namen Alberode, Wernigerode, Freireuth, Berreuth u. s. f. in Gebrauch setzten, wie es schon früher die Sorben und Wenden gethan hatten.

Doch wir verlassen dieses Dörflein mit seinem Läppchen Patrimonialgerichtsbarkeit und dem nachbarlichen Steinberg, welcher sich 2102 Fuß über das Meer erhebt, und steigen der Chaussee entlang hinab in das Thal der Mulde, wo wir noch einige Häuser als Ueberreste des ehemaligen Hammerwerks Wolfsgrün oder Rothenhammer treffen. Die Chaussee, welche in gerader und steiler Linie herabführt, hat mehrmals dem Fuhrwesen Unglück zugefügt, was die Straßenbaucommission bewog, sie theilweise an beiden Thalgehängen abzuwerfen und in sanfte Krümmungen zu bringen. Leider giebt es noch viele solche Straßenschnitzer, die hoffentlich nach und nach ausradirt werden, wie wir wegen der Thierquälerei hoffen dürfen.

Es ist der Mühe werth, wenn wir einen kleinen Abstecher machen und das kaum eine Viertelstunde von hier entfernte

Unterblauenthal

besuchen, welches ein gewisser D. Plawe aus Leipzig vor Jahrhunderten zu einem Hammerwerk erbaute.

N. d. Nat. v. F. König.   **Lith. Anst. v. Rudolph & Dieterici in Annaberg.**

BLAUENTHAL

Es kann sein, daß damals dieses zwischen schroffe Granitberge eingebettete wunderliebliche Thal grausenhaft wild und wenig einladend für eine Ansiedelung gewesen ist; allein die damalige Zeit hatte auch die Erziehungsweisen nicht, durch welche der Sinn für Naturschönheiten angeregt und dafür empfänglich gemacht wird. Dieses Hammerwerk besitzt gegenwärtig Herr Reichel aus Leipzig, von welchem wir den Reichelschen Garten kennen, und unser Blauenthal ist somit in die rechten Hände gekommen, welche das Nützliche mit dem Schönen zu vereinigen wissen. Um die hübsche Villa – hier das Herrnhaus genannt, wie auf allen Hammerwerken – liegen anmuthige Gärten und Gewächshäuser, fleißig bearbeitete Felder dehnen sich über hohe Berge hinauf, und nützliche Bäume schießen an Wegen, Ecken und Winkeln empor, die Parthien annehmlicher zu machen.

Die große Bockau eilt rauschend aus ihrer Felsenschlucht heraus, dreht hastig an dem Räderwerk des Hohofens und der Mühle und eilt der Mulde zu, an deren Gewand sie sich hängt und mit ihr, anständigen Wandels, kosend und sorgenlos dahin wallet, wie ein Sterblicher, der die Schicksale seiner Zukunft nicht kennt. Kleine Tagewässer und Quellen steigen von hohen Bergen hernieder, wässern den Blumenschmelz der Wiesen und Berggehänge, wachsen unterwegs, bis sie die Ufer der Bockau und Mulde erreicht haben, über welche sie sich überkugelnd werfen, um ihr Fortun frühzeitig in der Welt zu suchen. Noch andere kristallhelle Gewässer, in Verhätschelei herangezogen, weichen nicht leicht von ihrer Heimath, und sollten sie zu Bockbier gekocht werden. Die Nacht verwandelt dieses herrliche Eisenwerk in ein Feenreich: In Finsterniß gehüllte Gegenstände werden durch das pausenartige Aufzucken der Gichtflamme erhellet, wie von fernem Wetterleuchten; den weit aufragenden Schornsteinen auf den Frisch- und Zainhütten entströmt garbenförmig glühende Lösche zum Spiel der Winde, und die riesigen Hämmer tosen durch die Nacht unter Heulen und Pfeifen des Gebläses. Dem Unkundigen ist es zu verzeihen, wenn er in nächtlichen Stunden derartige Erscheinungen aus der Ferne sieht, wenn er solche für die Wehen einer im Anzuge begriffenen Eruption oder eines brennenden Schwefellagers in der Solfatara bei Neapel zu erklären gemeinet ist.

Am östlichen Abhange der Spitzleithe, welcher aus schönen Granit zusammengesetzt ist, dessen fleischrother Feldspath ein herrliches Gemenge bildet, welches für architektonische Zwecke benutzt werden sollte, liegt ein sehr alter Eisensteinbergbau, welcher noch im Umtriebe steht; die Mulde fließt an seinem Fuße hin und hat sich ihr Bette tiefer in die Gebirgsmassen eingegraben, als bei Blauenthal. An beiden Ufern hat sich der Granit in dicken Ballen aufgespeichert, als sollten diese verladen und zu Wasser verfrachtet werden; besonders nimmt sich der Weinstock (eigentlich der Windischknok) wunderschön aus. Alles ist in dunkles Fichtengrün gehüllt, in und auf welchem die Sänger des Waldes ihre Lieder der Einsamkeit flöten. Inmitten dieser Thalung liegt das Schindlersche Blaufarbenwerk, wozu Erasmus Schindler am 7. September 1650 landesherrliche Concession erhielt und das von ihm den Namen trägt. Hier giebt es keine menschliche Nachbarschaft, als die, welche zum Umtriebe des Werkes gehören, und der Rechenwärter an der Mulde da, wo der Schneeberger Flößgraben seinen Anfang nimmt. Hier schwebt auch eine überbaute hölzerne Brücke hoch über dem Fluß, durch dessen Felsen am rechten Ufer ein Weg zur Durchfuhre nach Bockau gesprengt werden mußte , was eben keine leichte Aufgabe gewesen sein mag. Von hier aus, etwa 1½ Stunde Wegs rückwärts über Unterblauenthal erreicht man

Eibenstock [6]

auf einem großen offenen Gebirgsplateau 1993 Fuß über dem Meere. In einer ordnungslosen Behaglichkeit dehnen sich über 400 beschindelte Häuser, häufig nur auf einem Bocke stehend mit Schrotholz, nach allen Richtungen aus, welche ohngefähr von 4850 Menschen bewohnt werden. Ursprünglich war der Ort nur ein Dorf, und das kleine im Thal hinfließende Wasser wird heute noch der Dorfbach geheißen. Erst im Jahr 1546 erhielt dieser Häuserwirrwarr die Stadtgerechtigkeit mit vielen Befreiungen und Gerechtsamen, damit aber freilich nicht die Form einer Stadt, vielmehr blieb es der Zukunft vorbehalten, den verschobenen Verkästelungen der Häuser durch Bauflickwerk und Einschiebsel ein Ansehen zu verleihen, wie es die Gegenwart beurkundet. Man theilte das Städtlein in das Krottenseeer-, Ringer-, Rehmer- und Bacherviertel ein und suchte sich eine Justiz- und Verwaltungsform zu verschaffen, wie es eben die auftauchenden verschiedenartigen Elemente gestatten wollten, indem sich ein Bergamt, welches dem damals wichtigen Zinn- und Eisensteinbergbau vorstand, wenigstens die Concurrenz bei der Wohlfahrtspolizei vorbehielt: denn das Städtchen bekam das Prädicat einer freien Bergstadt. Der Rath bekam freilich nur ein Läppchen der Rechtspflege, weil das Kreisamt Schwarzenberg die volle Jurisdiction und Obergerichtsbarkeit über die Stadt, so wie über die drei Freihöfe, welche inmitten derselben liegen, unmittelbar behielt. Die Freihöfe sind große Güter mit verschiedenen Berechtigungen und Befreiungen, welche von der Indulgenz der Landesfürsten ausgegangen waren, um, wenn diese im Obergebirge jagten, ein bequemliches Unterkommen und Beihilfen zu finden. Dieser Hakemak in der Justizpflege und Verwaltung, Berechtigungen und Befreiungen zwischen Rath und Bergamt, den Freihöfen gegenüber, wurde bis in die neuere Zeit herauf die Ursache mancher Streitigkeiten und Zerwürfniße, besonders da diese, ob sie schon in der Stadt liegen, sich nicht zur Gemeinde zählen ließen[7]. Die frühern Beschäftigungsarten des Bürgerthums waren nächst dem Bergbau das Klempner- und Flaschnerhandwerk, und es gab noch 1827 nicht weniger als 73 Meister davon im Orte. Die Bereitung von Medicinalwaaren für den Olitätenhandel, wozu von der Landesregierung Concession ertheilet wurde, brachte viel Geld ins Land und hob die Fabrikanten zur Wohlhabenheit empor, gab aber auch zugleich die mannigfaltige Gelegenheit, daß ein großer Theil von gebrannten Wässern, welche für die Anfertigung der Arzeneien nöthig waren, unter dem allgemeinen Prädicat »Schnaps« im Orte selbst vergläselt wurde bis auf den heutigen Tag, obschon die Medicinalbereitung sehr beschnitten worden ist und ihrem völligen Erlöschen entgegen geht: denn der Branntwein oder

Schnaps von Eibenstock, besonders der Englischbittere, ist weit umher von den Trinkbrüdern gekannt. So wie nun die männliche Einwohnerschaft durch vorgenannte Erwerbsweisen und rühmlichen Fleiß ihren Hausstand immer flott zu erhalten, sich auch noch hie und da etwas zu ersparen wußte, so steigerte sich auch fast allgemein das Familienleben für ein bequemeres Fortkommen dadurch, daß Klara Angermann, Tochter eines Oberförsters in der byalistocker Gegend, das Tambouriren 1775 in Eibenstock bekannt machte, als sie ihren Oheim, den Förster Angermann, aufsuchte, was sie selbst früher in einem Nonnenkloster zu Thorn erlernt hatte: ein seltenes Beispiel von etwas Nützlichem, wenn von Klöstern die Rede ist. Dorothee Nier verbreitete diese Tambourirarbeit über einen großen Theil des Erzgebirges und Voigtlandes, wodurch, weil sie das Petinetnähen gleichzeitig mit ausbildete, das Spitzenklöppeln ziemlich in den Hintergrund gestellt wurde oder mit jenem wechselte, je nachdem dieses oder jenes periodisch besser lohnte. Doch in eben dem Verhältniß, wie sich diese Nahrungszweige steigerten und mehr oder weniger zur Wohlhabenheit und selbst zu Reichthum führten, nistete sich auch Neid und Misgunst bei denjenigen ein, welche nicht gleichen Schritt zu halten vermochten. Daher entwickelten sich Entzweiungen im Bürgerthume, die bald zu Factionen wurden, welche sich im Gemeindewesen kund gaben. Die eine verwarf Gemeindebeschlüsse blos deshalb, weil sie die andere unterstützte, und der Rath war immer zu ohnmächtig, mit Kraft dazwischen zu treten, oder schwach genug, sich selbst auf die Seite der oder jener Parthei zu stellen, wodurch der Geist des Widerspruchs noch mehr gesteigert wurde. Deshalb organisirten sich die Partheien in zwei Branchen, welche Appellanten und Appellaten genannt wurden. Eine grün montirte Schützencompagnie stellte sich später einer blauen dergleichen gegenüber, und diese unterhielten einen langen ärgerlichen Hader blos deshalb mit einander, weil diese blau und jene grün aussahen, was allerdings an Gellerts Nachtwächter erinnert. Seit 1834 wurde ein Justizamt, welches später in ein Landgericht überging, ebenso ein Hauptzollamt in Eibenstock errichtet, deren anständige Gebäude, mit dem neuen Handlungslocale der Kaufleute Gebrüder Dörffel, und dem Gasthofe zur Stadt Leipzig an der Karlsbader Straße nicht nur einen freundlichen Eindruck machen, sondern auch der Nahrung und Gesittung offenbar förderlich sein müssen. Insonderheit versteht es der Herr Landgerichtsdirector, die Zerrissenheiten unter der Einwohnerschaft durch Annäherung und Versöhnung auszuglätten und allgemeiner Verträglichkeit Raum zu verschaffen. Seine Bemühungen sind meist nicht ohne Erfolg geblieben.

Eibenstock ist eigentlich auch der Sitz eines Oberforstmeisters; gegenwärtig wohnt ein wohlrenommirter Oberförster hier, dessen Waldbestände unter die vorzüglichsten gehören sollen. Er ist Inhaber der goldenen Verdienstmedaille, und dessen Gattin erhielt erst neuerdings eine Prämie, angeblich wegen ihrer Verdienste um den Pflanzgarten ihres Ehegatten; wir wissen den Zusammenhang nicht genau.

Rings um die Stadt breitet sich Ackerland aus, was durchschnittlich gut gepflegt und bearbeitet wird, deshalb aber seine Seegnungen nicht schuldig bleibt, wenn Abnormitäten der Witterung nicht dazwischen treten. Auch giebt es daselbst eine musterhafte Viehzucht, die hauptsächlich durch eine Kunstwässerung großer Wiesenflächen außerordentlich begünstigt wird. In Gebirgsgegenden, wo man über Wasser disponiren kann und nur so viel weiß, daß die Bäche nicht bergan laufen, ist es eine sehr leichte Arbeit, Wässerungen anzulegen. Allein von dem Gefälle des Wassers die möglichste Höhe der Leitung nach den Formen des Grundstücks herauszufinden, ohne einem Gleichberechtigten zu nahe zu treten, und das Wasser selbst gleichmäßig in rieselndem Zustand auf die mannigfaltigst gestaltete Oberfläche zu vertheilen, dazu gehört ein genaues Nivellement, aber auch ein Uebereinkommen mit den Nachbarn, welches in Eibenstock durch wechselseitige Recesse erreicht wird, nach welchen der Wechsel der Wässerung und die Dauer derselben bestimmt wird. Der sogenannte Dorfbach und der Grüner Graben, welcher in Wildenthal an der großen Bockau gefaßt ist und in frühern Zeiten für bergmännische Zwecke nach Eibenstock geleitet wurde, deshalb aber auch noch gegenwärtig dem Bergamte Johanngeorgenstadt zur Disposition geblieben ist, geben das Wasser für die gesammte Wiesenwässerung, durch welche eine Quantität an Heu und Grummt von circa 18–20,000 Zentner jährlich erzielet und der Viehzucht ringsumher außerordentlicher Vorschub geleistet wird.

Erst im Jahre 1579 wurde die Straße von hier über Schönheide nach Auerbach in der Nähe des Krünitzberges, welcher in Westen mit seiner Waldung 2300 Fuß Meereshöhe aufsteigt, durchbrochen, während Eibenstock in seinem Bacher- und Rehmerviertel wegen seiner Häuserverkästelung nicht ohne Schwierigkeit kaum ordinäres Fuhrwerk durchließ. Deshalb ist auch seit etwa zwei Jahren eine Chaussee durch das Bacherviertel und den Gottesacker mit vielem Aufwand und Widerspruch angelegt, dadurch aber einer Menschen- und Viehqual größtentheils abgeholfen worden.

Von dem Gipfel des Krünitzberges aus übersieht man noch einmal das dicht zusammengedrängte Budenwerk Eibenstocks mit seinen drei langen Zipfeln, aus dem die Gebäude der Neuzeit hervorragen und gefallsüchtig ihre Ueberlegenheit den zwergartigen Häuserlein umher kund thun. Gegen Mittag dehnt sich eine hohe Bergwand, die Heckleithe und Wintergrün genannt, nach dem Ellbogen und Zeisiggesang hinauf, allenthalben mit dem dunkeln Grün von Fichtenwald überdeckt. Dieser giebt der Landschaft ein ernstes und finsteres Ansehen, was den Flachländern Gelegenheit zu dem Prädicate »Sächsisches Sibirien« gegeben hat. Wie oft mag diesem Titel in der freundlichen Auberge bei Meischnern zu Eibenstock widersprochen worden sein! Wir verlassen den geselligen und anziehenden Verkehr des Städtchens und wandern nach dem etwa eine Stunde entfernten Schönheide, wo wir zunächst auf der Hälfte des Weges

den Rockenstein

erreichen. Schüchtern, wie das böse Gewissen, schaut durch mit Bartflechten behangene Fichten in die Tiefe hernieder ein Granitklumpen mit einem dergleichen Kegel, den er auf seinen Achseln trägt, und droht diesen auf den Wanderer herabzuschleudern. Die Mythe sagt, daß einst ein tugendhaftes Mädchen mit ihrem Spinnrocken dem zudringlichen Gelüst eines rohen Jünglings entflohen und Sicherheit auf diesem in Wald gehüllten Granitknoten gesucht, hier aber von ihrem Verfolger entdeckt und von dem Felsen hinabgestürzt worden, indem nur der Rocken zurückgeblieben sei.

N. d. Nat. v. F. König.   Lith. Anst. v. Rudolph & Dieterici in Annaberg.

DER ROCKENSTEIN

Ein jäher Rand läuft vom Rockenstein tief hinab in ein enges felsiges Thal, wohin ohne Gebrauch der Hände nicht füglich zu gelangen ist. Die Mulde polirt allenthalben Granitbrocken für Straßenpflaster, ohne Abnahme zu finden. Am linken Ufer derselben thürmen sich amphitheatralisch riesenhafte Gestalten von Granitkegeln auf und erinnern an Liebethal in der sächsischen Schweiz. Bald reihen sie sich wie Zähne zusammen, bald lassen sie Zwischenräume und locken zu der Vorstellung hin, daß die ganze Parthie ein Bruchstück von der Kinnlade des fabelhaften Drachen sein möge. Der grünsammten Wiesenstreif, welcher diesem wunderlichen Felsenkabinet zur Einfassung dient, das Herumklettern dürftiger Nadelhölzer an den

29

Seitenflächen und das muntere Waldgeflügel, welches in den Rissen und Spalten sein Eldorado für seine Nachkommenschaft gefunden hat, machen aus dieser Einsamkeit ein liebliches Bild, über welches nur ein dünner Schleier von Schauerlichkeit gewoben ist.

Von dem Hammerwerk

Schönheide,

welches sich wie eine freundliche Villa an einem gegen Morgen gelegenen Bergabhange sonnet und wegen seiner Eisengießerei einen Namen erworben hat, ist kaum eine halbe Stunde Wegs nach dem großen, bevölkerten Dorfe gleichen Namens[8]. In frühern Zeiten besaßen die Edlen von Planitz Schönheide, Stützengrün und Neustädtel bei Schneeberg, welche Gegenden mit ungeheuren Waldungen bedeckt waren. Diese Ortschaften mit ihrem Areal erkaufte daher am 23. December 1563 Churfürst August für 28,300 Mfl., um dem blühenden Bergbau einen nachhaltigen Vorschub zu leisten. Aus einer tiefen Schlucht, die Ziegenleithe geheißen, steigt gegen Mittag ein muldiges Thal empor, welches von mehr als 6500 Menschen bewohnt wird, deren Gewerbsarten im Handel mit Petinetwaaren, Spitzen-, Eisen-, Flaschner-, Klempner- und Bürstenbinderwaaren bestehen, womit im erstern das Ausland und die Messen bezogen, letztere hingegen auf Jahrmärkten und Hausirhandel verstrichen werden. Die Namen Gehrischer, Oschatz, Leistner, Unger und einige andere haben in Ansehung der Umfänglichkeit ihres Handelsgeschäftes im In- und Ausland einen guten Klang von der Vorzeit auf die Gegenwart übergeführt. Selbst die Menge von großen Wohngebäuden, wenn sie auch der Form nach des architektonischen Geschmacks der Neuzeit entbehren, zeugen von der frühzeitigen Wohlhabenheit ihrer Besitzer. Der Glanz der Morgensonne spiegelt sich in dem Fensterreichthum, welchen die Giebelseiten der Häuser ihr entgegenhalten, welche Erscheinung wohlgeeignet ist, den Fremden glauben zu machen, daß es ein umfängliches Schadenfeuer sein dürfte, da Schönheide aus meilenlanger Ferne gesehen werden kann.

Der obere Theil des Ortes trägt einige enge und tiefe Einschnitte in dem Granite, welche wasserleer mit kleinen Häusern bebauet sind und Winkel genannt werden. Daher Fuchs-, Ascher- und Markerswinkel. Ein langer kräftiger Menschenschlag, worunter Mädchen und Frauen ein wohlgenährtes Ansehen haben, hübsch geformte Gesichterchen tragen und beiderlei Geschlechter in ihrer Sprachweise die Nachbarschaft des Voigtlandes verrathen, bewohnt dies interessante, großartige Dorf, dessen Häuser sich gefallsüchtig an dem sanftern Gelände zu beiden Seiten hinaufgelagert, in der Thalung aber sich in dicke Massen zusammengeschoben haben. Am obern Ende des Ortes überschaut das Auge eine Meilen lange und breite Fichtenwaldung gegen Südost; eine Reihe Granitberge von untergeordneter Höhe tragen dieselbe auf ihren Schultern, sie bildet einen See mit dunkelgrünem Wasser, dessen Wellen erstarret sind. In den Thälern und Schluchten gedachter Waldungen sind Eisenhüttenwerke und kleine

Oekonomien mit gewässerten Wiesenrändern eingeklemmt, was aus größerer Entfernung nicht beobachtet werden kann, wenn man nicht etwa die Lichtblicke der Hohöfen zur Nachtzeit veranschlagen will.

Wenn man seinen Wanderstab von Schönheide nach dem Lattermannschen Eisenhüttenwerk Rautenkranz über die Mulde fortsetzt, so kommt man etwa in 2 Stunden von Süden her nach

Karlsfeld.

Frostig und anmuthlos liegen etwa 80 Häuser, in welche ohngefähr 1000 meist mittellose Leute eingepackt sind, wie Schwalben auf einem Blitzableiter, mager und kalt an einem Bächlein hin, welches sein Dasein Moorboden und Torflagern verdankt und die Wilzsch genannt wird. Das Auge findet ringsumher keinen Punkt, auf welchem es mit Wohlgefallen ruhen könnte; dunkles Nadelholz umringt das kärgliche Eigenthum und das undankbare Areal der Einwohnerschaft, welches vor etlichen und dreißig Jahren noch keine Furche Feld hatte, die der Dürftigkeit Kartoffeln für den Hunger liefern konnte. Diese bezog man von Eibenstock und der Nachbarschaft. Für die ersten Ansiedler mußte es daher eine Art Verwegenheit sein, Nahrung hier zu suchen und sich in das Dunkel der Fichten einzuhüllen, welche mit keinem Laubholz wechseln und so der Einförmigkeit einen wohlthuenden Anstrich verliehen.

In der Mitte des siebenzehnten Jahrhunderts erhielt der in der obergebirgischen Geschichte eben so rühmlich bekannte als reiche Veit Hans Schnorr zu Schneeberg durch Cession von Herrn von Carlowitz auf Alten-Schönfels die Gerechtsame zu Anlegung eines Eisenhüttenwerks und bekam dafür 1679 ein landesherrliches Privilegium. Schnorr soll zu Ehren des frühern Grundbesitzers und Cedenten von Carlowitz seinem neuen Anbau den Namen Karlsfeld gegeben haben. Ein Eisenhüttenwerk bedarf viel fleißige Hände und zu allen Zeiten eine Schaar Wagen für die An- und Abfuhre der Materialien und der fertigen Waare; daher bauten sich sehr bald eine Menge Menschen in hölzernen Hütten an, eben groß genug für den einfachen Hausstand, der noch gegenwärtig allenthalben sichtbar ist. Besonders mehrten sich auch die Nagelschmiede, weil sie sich das Eisen auf der Achsel an ihren Schmiedstock tragen konnten. Die Volksvermehrung bestimmte den Besitzer des Hammerwerks, eine Kirche zu erbauen, die den einzigen Gegenstand der Ueberraschung im Orte ausmacht, weil sie eine wohlgefällige Rotunde bildet, die man in einem solchen verkümmerten Orte nicht vermuthet.

Gedachter Schnorr hatte im Obergebirge viele Besitzungen, besonders von Hammerwerken und andern entopischen Fabriken, und fabelhaft würde seine Theilnahme an dem vaterländischen Bergbau genannt werden müssen, wenn er nicht die Anzahl Gruben und Grubenantheile selbst genannt und aufgezählt hätte, die er gleichzeitig baute. Der Seltenheit halber mag das von ihm gefertigte Verzeichniß diesem Schriftchen als Beilage dienen.

Gegenwärtig ist das Hammerwerk Karlsfeld eingegangen, weshalb die Einwohnerschaft zum größern Theil in eine Verkümmerung der Mittel zur

Forthilfe gerathen ist, welche schon lange her zum ernsten Gegenstand der Berathung Seiten der Verwaltungsbehörden erhoben worden sind, ohne daß der Nothstand nur genüglich und beharrlich abgedämmt werden konnte. Denn wenn schon für den Kartoffelbau durch Urbarmachung von Waldboden, welchen das Finanzministerium unter billigen Bedingungen an die Einwohnerschaft seit einigen Jahren überlassen hat, nicht ungünstige Resultate erlangt worden sind, sich auch eine Wanduhrenfabrik durch wohlwollende Unterstützung des Herrn Kammerrath Anger in Leipzig organisirt und unter Aufsicht des Herrn Oberförster Thiersch und des Herrn Kaufmann Friedrich Dörffel in Eibenstock entfaltet hat: so wird der Erfolg des Ackerbaues immerhin nur von günstigen Jahrgängen in dieser rauhen Gegend abhängig bleiben und letztere, wenn sie auch jetzt gegen 40 Personen beschäftigt, in den Versuchen zum größern Aufschwunge in der Concurrenz mit den Schwarzwäldern um so leichter verkümmern, als sie bei aller Sorgfalt ihrer Vorsteher Mangel an hinlänglichen Buchen und Ahorn oder den für ihr Geschäft tauglichen Hölzern leidet und die Zufuhre aus entfernten Gegenden nicht füglich gestattet.

Nicht uninteressant ist das Vorkommen von Haselnüssen und Resten von Laubhölzern in den Torflagern unmittelbar bei Karlsfeld, wo gegenwärtig außer den kümmerlichen Vogelbeerbäumen (Sorbus aucuparia) jene Holzarten kein Gedeihen finden. Es scheint das dortige Klima vor vielen Jahrhunderten jenen Hölzern günstiger gewesen zu sein.

Ohnfern des tristen Karlsfeld, wo es keinem Sperling gefällt, liegt die sogenannte Weitersglashütte, wo aus Mangel an tauglichem Material für die Fabrikation des Krystallglases nur Hohlglas und Flaschen gefertigt werden. Ihre Lage ist der von Karlsfeld gleich; rings umher eine dichte Verschanzung von Schwarzwald, gestattet sie durch Hinzukommen von Waldhutung eine eben nicht sehr lohnende Viehzucht; nur Preißel- und Heidelbeere gedeihen im Ueberfluß und werden in dortiger Gegend häufig für den häuslichen Gebrauch als für den Handel eingesammelt.

Wendet man sich von hier aus gegen Nordost, so kommt man allmälig oberhalb Rehhübel, wo sich ein Eisensteinbergbau befindet, nach einem anderweiten Torfstich, der den prosaischen Namen »Sauschwemme« trägt, und von hier aus bequem auf den

Auersberg,

welcher, mit dem Riesenberge verwachsen, 3175 Fuß über das Meer emporsteigt. Er hat sich wie alle seine Nachbarn, der Riesen-, Esels- und andere Berge, bis über den Scheitel in einen Mantel von Fichtengrün[9] gehüllt und würde die Fernsichten verkümmern, wenn nicht schnurgerade Schneußen von seinem Fuße an bis zu seinem Gipfel gehauen wären, welche oben nach einem hölzernen Thürmlein hin zusammen laufen. Von diesem aus und durch die in den Mantel gerissenen Schlitze schweift der Blick wonnetrunken weit hinab in die Gauen des Voigtlandes, die reußischen Metzflecklein, mit monarchischer Wasserfarbe überstrichen, und bewundert die Täuschungen, wie Städte, Dörfer und Fluren ganz andere Richtungen angenommen zu haben scheinen, als diejenigen sind, die man anzunehmen pflegt, welche Geschäftsreisen nöthig machen. Hier spähet das Auge nach einem befreundeten Dörflein vergeblich, denn es liegt mehr links oder rechts als man wähnte, wenn es nicht ein bekannter Berg, ein Kirchthurm von sonderbarer Bauart eher erkennen läßt. Dort verschwimmen zwischen Feld und Wiesen, Hainen und Fluren, in dünne Schleier gehüllt, fern vom Fuße des Hügellandes oder an den Zehen der Gebirge die Gegenstände der Erdfläche und verklären sich beim Niedergang der Sonne in der Abendröthe, über welche allmälig die Nacht ihren Vorhang niederfallen läßt.

Auf den Kulmen des Auersberges errichtete vor einigen Jahren die dankbare Jägerei ihren heimgegangenen Vorgesetzten der Kreisoberforstmeisterei ein Denkmal. Es besteht aus einem großen Granitwürfel, sinnig genug für eine durchlebte herrliche Zeit, die sich in bequemliche Verhältnisse gewickelt hatte und welche Cotta's systematische Forstwirthschaftslehre verwischte, wie den Schweiß vom Fensterglas, um heller zu sehen. So rüttelt die Zeit des Fortschritte an veraltetem Bauwerke; es sinkt zusammen und ein zweckmäßigeres tritt an seine Stelle, ohne daß der Bauherr eine fernere Zukunft fürchtet, in welcher das Menschengeschlecht auch dieses tadeln kann: denn der Würfel hat – sechs Flächen. Aus dem faltenreichen Mantel von Fichtengrün, welches eine kaum übersehbare Fläche einnimmt, steigen hier und dort Rauchsäulen auf, ohne ihren Platz zu verändern, es sind Meiler oder Zechenhäuser, denen hier und da Zinn- und Eisensteinbergbau ihre Entstehung gab, oft an Stellen, wohin kein Sonnenstrahl fällt. Ein Theil solcher versteckt liegender und gebrechlicher Wohnungen, wo kein Bergbau mehr getrieben wird, ist den nähern Ortschaften, als Heimathsbezirk, zugewiesen und bildet mit diesen monströse Figuren, wie z. B. Steinheidel mit den Häusern am Fellbach, Erlabrunn, dem Teumerhaus u. s. w. Und dennoch können diese verzettelten Nester eines sogenannten Wanderschulmeisters nicht entbehren, weil es immerhin gefährlich für die Kinder bleiben würde, im Sommer durch dicke Waldungen und Säuern Stundenweit nach einer Schule zu laufen, was außer der bessern Jahreszeit, im Winter, nicht immer für Erwachsene rathsam sein möchte. Daher trifft man in diesen einsamen Zechenhäusern oft mehrere Familien mit einer namhaften Schaar Kinder von jedem Alter, dürftig und kaum halbbekleidet in einer Stube eingedrückt beisammen, in welcher Tag und Nacht ein wunderlich zusammen gestoppelter Kasten geheizt wird, der Ofen heißt und eine Röhre führt von nicht selten 1½ Quadratelle Größe, für Kartoffelgebäck, was Götzen, nackete Mahd, rauche Mahd, Bröckelgötzen, Brändeln u. s. w. geheißen wird. Es kann nicht anders kommen, daß, da ein derartiger Genuß für alle Stubenbewohner und die männliche Angehörigkeit, wenn diese von ihren Meilerstätten und Gruben heimkehren, für eine Mahlzeit ausreichen und unmittelbar darauf der Kaffee, d. h. Zichoriengetränk mit Ziegenmilch angehaucht, aufgetragen werden muß, wobei der Zucker nur in sehr seltenen Fällen vorkommt, eine fast unausstehliche Wärme um so mehr unterhält, als diese Mahlzeiten und das gefärbte Getränk sich immerfort wiederholen. Dies macht auch zugleich eine warme Bekleidung und gar häufig die Betten im Winter entbehrlich, wo oft Kinder und Erwachsene, auch wohl die nützliche Ziege, auf eingetragenem Waldgras gemeinschaftlich in der Nachbarschaft des Ofens, wie an einem Krater, schlafen. Nicht selten trifft man es, daß die Thür zum Innern des Hauses gar nicht verschlossen oder verriegelt ist; was wollten auch Diebe wegtragen? Die Fenster zur Stube sind gewöhnlich großen Theils mit flachen Spänen und Papier verklebt und noch Basilicum und Muscatenstöckchen, sorgsam in den Scherben abgebrochener Kaffeetöpfe gepflegt, vor die Spalten geschoben, damit der Luftzug die Klöpplerinnen nicht stört. Die in diesem Dachsbau befindlichen Knaben, denen das Klöppeln selten zusagt, laufen in der bessern Jahreszeit im Walde umher, schleppen Brennholz herbei, suchen Futter für die Ziege, sammeln Schwämme und leben, wie Krammtsvögel, von Erd-, Heidel-, Preißel- und Brommbeeren. Und wie zufrieden lebt gleichwohl eine Schaar Menschen in einem solchen Neste! Sie Alle kennen die höhern Lebensgenüsse nicht, haben mithin kein Verlangen darnach, weil eine überwarme Stube, hinlängliche Kartoffeln, Kaffee und Milch die Summe der Gegenstände ausmachen, die ihre Zufriedenheit bedingt, unter welcher sie sich auch im Winter einschneien lassen und einander in Krankheits- und Entbindungsfällen beistehen, so gut als es möglich sein kann. Man muß es selbst sehen, wenn der Familienvater von der Grube oder von dem Kohlengehau kommt, das schmutzige Gewand von sich wirft und sich bequemlich an den reinlichen, oft selbst gebauten Tisch setzt, wo die Hausfrau das für ihn aufbewahrte Futter aufgetragen hat, weil die Tischzeit vorüber war. Kinder von diversem Alter strecken sich um ihn her auf den Bauch, das Kinn unterstützt mit beiden Armen, und bewundern den Appetit des Vaters; abwechselnd hält er ihnen den vollen Löffel vor den Mund und sie sperren auf wie junge Staare, wenn die Alten die Atzung bringen. Nach dieser Abfütterung wird die Tabakspfeife angezündet und der Länge nach von der breiten Ofenbank Besitz genommen, von wo aus sich die Bewegung des Vogelviehes auf ihren Sprunghölzern so lange am besten beobachten läßt, bis der Schlaf eintritt, der sich durch das Herabfallen der Pfeife anzukündigen pflegt.

Vor mehrern Jahren, als mich bei einer mineralogischen Exkursion zwischen Oberwiesenthal und Rittersgrün in den späten Nachmittagsstunden ein Gewitter überraschte, zog ich es vor, in einem alten Zechenhause zu übernachten; die guten kinderreichen Leute konnten mir nichts bieten, als Kartoffeln und Milch, sowie Waldgras zum Lager, womit ich schon deshalb zufrieden war, weil es nichts Besseres gab. Ein Knabe von ohngefähr zwei Jahren schlief, halbnackend, zwischen zwei jungen Ziegen, die die sogenannte Stube mit bewohnten, ich möchte sagen – wie ein Prinz – wenn ich nicht wüßte, daß diese nicht oft so zu ruhen pflegten.

Diese Art von Armuth ist diejenige, welche dem Pauperismus in Städten, besonders in denjenigen, welche Fabriken haben, schroff entgegen steht, weil sie zur Zeit periodischer Provinzialnoth der Unterstützungsmittel weit weniger bedarf, als die mit allen Gattungen der Lebensgenüsse bekannte und sittlich verschlechterte, mittellose Schaar der Fabrikstädte. Wem Glück oder Zufall alle Lebensherrlichkeiten von seiner Selbstständigkeit an zur Seite stellte und das Weinglas in die Hand schob; wer die Qual der Nahrungssorgen und den Nothschrei nach Hilfe nur aus öffentlichen Blättern kennt und, dem Auftrag der Regierungen oder Unterstützungsvereine folgend, sich in die Gegenden begiebt, wo sich die Noth fest gefressen hat, um durch eigene Anschauungen von der Wahrheit des sich kund gegebenen Elendes zu überzeugen und die Hilfsmittel für Abwendung oder Linderung desselben zu normiren – der bringt gar oft ein Bild davon in seine Heimath zurück, vor welchem sich die Haare sträuben: denn der Referent abstrahirt von sich und ihm ist die Möglichkeit fremd, daß es Familien geben kann, welche mit so geringem Futter, halb nackt und ohne Betten, dennoch zufrieden leben können. Hingerissen von eigner Theilnahme, greift er nach der Brieftasche, notirt sich die Kopfzahl, den Bedarf an Kleidungsstücken und wollenen Decken für das Nachtlager; der assistirende Richter aus der Nachbarschaft winkt heimlich den Bewohnern des armseligen Nestes, daß sie recht lamentiren möchten, um von dem anwesenden Herrn recht viel zu bekommen; sie thun es, fallen wohl gar vor ihm nieder: denn wer streckt nicht gerne beide Hände nach dem unbekannten Glücke aus! Allein von nun an artet die mittellose Zufriedenheit in ein Verlangen und Streben nach fernerweiter Unterstützung aus und greift nach jedem Mittel, welches dazu förderlich zu sein scheint. Dadurch aber schaart sich der sonst zufriedene und mit der Weltherrlichkeit unbekannt gebliebene Arme an den Provinzialpauperismus und allgemach an die sittliche Verdorbenheit an, gegen dessen Umsichgreifen oder für dessen Abhilfe es noch kein ausreichendes Mittel gab. »Denn die verbreiteten Klagen über Abnahme des Volkswohlstandes haben ihren Grund mehr darinnen, daß die Forderungen beinahe aller Volksklassen an das Leben und dessen Genuß so sehr gesteigert sind«.[10]

Wildenthal.

Tief, aber immer noch in einer Meereshöhe von 2250 Fuß eingebettet, liegt das Eisenhüttenwerk gleiches Namens in der Umarmung des Auersberges und des Zeisiggesanges. Die große Bockau durchrauscht das Oertchen, dreht das gangbare Zeug in Hütten und Hohöfen, sendet von hier aus seinen halben Wasserschatz mittelst des sogenannten Grünergraben für ökonomische Zwecke nach Eibenstock, während die andere Hälfte in seiner engen Wiege über Granitblöcke hinab nach Unterblauenthal in die Mulde strömt.

N. d. Nat. v. F. König.　　　　　**Lith. Anst. v. Rudolph & Dieterici in Annaberg.**

WILDENTHAL.

Gegen Ende des sechszehnten Jahrhunderts besaß dieses Hammerwerk ein Herr von Wildenfels, und es ist wahrscheinlich, daß dasselbe die Hälfte des Namens von ihm erhielt. Im Jahre 1655 kam es in den Besitz des Hammermeisters Michael Gottschalch und blieb in den Händen seiner Nachkommenschaft bis in die neuere Zeit. Die ursprünglichen Besitzer der Eisenhüttenwerke hießen *Hammermeister*, arbeiteten mit vor den Feuern, und ihre häuslichen Zustände mögen sich wenig von denen der andern Hüttenleute unterschieden haben, bis sich der Absatz von Eisen feste Bahn gebrochen und einen größern Gewinn gesichert hatte. Von nun an kauften sich Geldmenschen aus der Nähe und Ferne Hammerwerke an, wie sich die Gelegenheiten darboten, bauten sich mit großartigen Häusern an, brachten Gerichtsbarkeiten an sich und herrschten als Hammerherrn über die bildungslose und arme, schwarze und rothe Schaar des Berg- und Hüttenvolkes bald wohlthätig, bald vernichtend, je nachdem Herz und Gemüth des Besitzers für den Anblick seiner in Dürftigkeit lebenden Arbeiter empfänglich war oder nicht. Die Neuzeit hat indessen manches Empörende verwischt, was sonst Sitte hieß, und viele Hammerwerke in die Hände von Männern geliefert, die, wie ein guter Genius, über das Familienleben der Hammerschmiede, Bergleute, Köhler u. s. w. wohlthätig walten und Gelegenheit geben, ihre Kinder einen zeitgemäßen Unterricht genießen zu lassen, den die Eltern und Großeltern bei den sogenannten Hammerpräceptoren, welche eine Art Knechtlohn erhielten, nicht finden konnten, weil der Lehrer selbst noch Bildung brauchte. Darum aber pflanzen sich die Anekdoten der Hammerschmiede, wie sie sich in frühern Jahren so häufig begegneten und von den drolligen und unbeholfenen Ansichten und Urtheilen über Dinge der Außenwelt Zeugniß geben, nur sehr dürftig fort.

Das Herrnhaus in Wildenthal schaut von einer Anhöhe, wie sich's gebührt, überlegen auf eine Schaar ärmlicher Hütten hernieder, zwischen welche sich jedoch seit mehrern Jahren ein freundliches Posthaus, welches dermalen die noch freundlichere Familie des Postverwalters Priem besitzt, so wie ein restaurirtes Wirthshaus eingeschoben haben.

Man sieht es diesen Gebäuden an, daß sie in Privathänden sind. Ueberraschend ist das fiscalische Forsthaus, im italienischen Styl vor ohngefähr ein Dutzend Jahren erbaut. Es ist ein verflogener Kakadu unter einer Gesellschaft Dohlen, der vergeblich nach Pommeranzenwäldern und Cypressenhainen umherschaut. Doch wenn es dem Zwecke entspricht – wem geht's was an?

Das Oertchen hat seit etwa 20 Jahren an seiner Wildheit gar sehr verloren: es führt eine Chaussee nach Karlsbad hindurch, die in der Badesaison sehr lebendig wird; der Besitzer des Werks und noch einige andere Einwohner sind theils wissenschaftlich gebildet, theils sonst gut unterrichtet, was zur sittlichen Abrundung der geistesarmen Bevölkerung der Vergangenheit viel beitragen mußte und sich auch jetzt schon dadurch kund giebt, daß man gern aus der Nachbarschaft Parthien dahin macht und sich von der wildromantischen Natur umarmen läßt, Kaffee trinkt und Forellen speis't.

Beilage.

Specification

der Bergktheile und Kuxe mit Schluß Trinitatis 1696, welche Herr Veit Hannß
Schnorr, wohl-meritirter Stadtrichter und Kobald-Contrahent zu Schneebergk,
wie auch Besitzer derer Hammerwerke Carlsfeld, Aue und Neidhardtsthal etc.
zu dieser Zeit alleinig gebauet und zu mehrerer Nachricht und Bewunderung,
der Posterität, anhero einverleibet worden.

Specification

Aller und jeder Bergktheile und Kuxe, welche von mir Veit Hannß Schnorr sen. unter denen Bergkaemtern Schneebergk, Schwarzenbergk, Eibenstock, Johann-Georgenstadt und Voigtsbergk, Bauet und in Fristen hält, alß:

Zechen zu Schneebergk.   Kuxe.

Schindlern	Fundgrube	118 Kuxe.	
dito	Ober nechste Maas	118 "	
Fleischer	Fundgrube	118 "	
Unruhe	Fundgrube	118 "	
St. Ulrich	Fundgrube	118 "	
Beschertes Glück	Fundgrube	118 "	
Emanuel	Fundgrube	118 "	
Alte Sebastian	Fundgrube	118 "	
Nahmen Jesus Stolln		120 "	
			1064
St. Andreas	Fundgrube	66½ "	
Sonnenwirbel	Fundgrube	66½ "	
Reichenschatz	Fundgrube	66½ "	
dito	Untere 1. Maas	66½ "	
	2. Maas	66½ "	
Glück	Fundgrube	66½ "	
Hülfe Gottes	Fundgrube	66½ "	
Christian	Fundgrube	66½ "	
Himmelfahrt	Fundgrube	66½ "	
			598 ½
Rosenkranz	Fundgrube	48 "	
	Obere 1. Maas	48 "	
	2. Maas	48 "	
	Untere 1. Maas	48 "	
St. Thomas	Fundgrube	48 "	
David ufe 3. Linien	Fundgrube	48 "	
			288
			1950½

Kuxe.

Hiernächst verbliebene Summe trage her			1950½
Nach Wilhelm Mohre Fundgrube die untere			
	2. Maas	48 Kuxe.	
Junge Rappolt	Fundgrube	48 "	
Alte Rappolt	Fundgrube	48 "	
Heilige Creutz	Fundgrube	48 "	
			192
Heilige Dreifaltigkeit	Fundgrube	65 "	
	untere nechste Maas	65 "	
Kalbe	Fundgrube	65 "	
	Obere 1. Maas	65 "	
	Untere 1. Maas	65 "	
	2. Maas	65 "	
Gnadenbrunnen	Fundgrube	65 "	
St. Anthonus	Fundgrube	65 "	
	Untere 1. Maas	65 "	
	Untere 2. Maas	65 "	
Hoffnung	Fundgrube	65 "	
			715
Sorge Gottes, beim Heber Fdgrbe.		43⅔ "	
	Obere 1. Maas	43⅔ "	
	Obere 2. Maas	43⅔ "	
			131
Peter Paul	Fundgrube	54 "	
	Untere 1. Maas	54 "	
	2. Maas	54 "	
	3. Maas	54 "	
St. Michael	Fundgrube	54 "	
Naßerott	Fundgrube	54 "	
Junge Peter Paul	Fundgrube	54 "	
Agatha	Fundgrube	54 "	
			432
St. Michael in der Schlehm Fundgrube			128
Himmelfahrt am Fürstenberge Fundgrube		64 "	
	Obere 1. Maas	64 "	
	Untere 1. Maas	64 "	
	Obere 2. Maas	64 "	

Erbstolln		64 "	
			320
			3868 ½

			Kuxe.
Hierneben bestehende Summe			3868 ½
Rosenkränzer Stolln am Rosenberge			25 $^{7}/_{12}$
Alte St. Anna	Fundgrube	42$^{2}/_{3}$ Kuxe.	
Neue St. Anna	Fundgrube	42$^{2}/_{3}$ "	
	Untere nechste Maas	42$^{2}/_{3}$ "	
Gnade Gottes	Fundgrube	42$^{2}/_{3}$ "	
Daniel	Fundgrube	42$^{2}/_{3}$ "	
	Obere 1. Maas	42$^{2}/_{3}$ "	
	2. Maas	42$^{2}/_{3}$ "	
	3. Maas	42$^{2}/_{3}$ "	
	Untere 1. Maas	42$^{2}/_{3}$ "	
	2. Maas	42$^{2}/_{3}$ "	
	3. Maas	42$^{2}/_{3}$ "	
Heiligen Christ	Fundgrube	42$^{2}/_{3}$ "	
	Obere nechste Maas	42$^{2}/_{3}$ "	
	Untere nechste Maas	42$^{2}/_{3}$ "	
St. Wenzel	Fundgrube	42$^{2}/_{3}$ "	
Zoppschuh	Fundgrube	42$^{2}/_{3}$ "	
Mohren	Fundgrube	42$^{2}/_{3}$ "	
			725 ⅓
Siebenschlem	Fundgrube	55½ "	
	Obere 1. Maas	55½ "	
	Untere 1. Maas	55½ "	
	2. Maas	55½ "	
	3. Maas	55½ "	
	4. Maas	55½ "	
Maria Magdalena	Fundgrube	55½ "	
	Obere 1. Maas	55½ "	
	2. Maas	55½ "	
	Untere 1. Maas	55½ "	
	2. Maas	55½ "	
	3. Maas	55½ "	

	4. Maas	55½	"
Türken	Fundgrube	55½	"
Sieben Höfer	Fundgrube	55½	"
Uf Siebenschleher Zug	Fundgrube	55½	"

888

5507 $^5/_{12}$

Kuxe.

Verbliebene Summe trage anhero			5507 $^5/_{12}$
Lamb Gottes	Fundgrube	64 Kuxe.	
Osterlamb	Fundgrube	64	"
	Untere nechste Maas	64	"

192

Alten Schaffstaller	Fundgrube	23	"
	Obere nechste Maas	23	"
	Untere nechste Maas	23	"
Jungen Schaffstaller	Fundgrube	23	"
	Nechste Maas	23	"
Star. Kennmanns Fundgrube		23	"
Gregori Fundgrube		23	"
St. Jacob Fundgrube		23	"
Alte Mohren Fundgrube		23	"
	1. Maas	23	"
Junge Mohren Fundgrube		23	"
Michaelis Fundgrube		23	"

276

Adam Höber Fundgrube		16	"
	Obere 2. Maas	16	"
	Untere nechste Maas	16	"
	Obere 3. Maas	16	"
Neujahr Fundgrube		16	"
Dorothea Fundgrube		16	"
Wieder Kehrung Fundgrube		16	"
St. Oß-Waldt Fundgrube		16	"
	Obere nechste Maas	16	"

144

Gesellschafter Zugke, als:

45

St. Martin Fundgrube		16	"
St. Michael Fundgrube		16	"
Feldt Reß Fundgrube		16	"
St. Jacob Fundgrube		16	"
	Untere 1. Maas	16	"
	2. Maas	16	"
	3. Maas	16	"
	4. Maas	16	"
	Lat.	128	$6119^{5}/_{12}$

		Kuxe.
Unten stehende Summe anhero		$6119^{5}/_{12}$
Dann Gesellschafter Zugke	128 Kuxe.	
Fastnacht Fundgrube	16 "	
Zwickische Fundgrube	16 "	
Obere 1. Maas	16 "	
2. Maas	16 "	
Naßius Fundgrube	16 "	
Untere 1. Maas	16 "	
2. Maas	16 "	
		240
Elisabeth beim Weißhäubtel Fundgrube	14 "	
Obere nechste Maas	14 "	
Einer Wasserlaufft	14 "	
		42
Quergeschick Fundgrube	8 "	
1. untere Maas	8 "	
2. dergl.	8 "	
3. dergl.	8 "	
4. dergl.	8 "	
		40
Mauderer Fundgrube	4 "	
Obere nechste Maas	4 "	
Grüne Pürk Fundgrube	4 "	
Untere nechste Maas	4 "	
		16

St. Michaeler Maaßen, alß:

1. nechste St. Michael Fundgrube	16	"	
2. Maas	16	"	
			32
Weiße Hirsch, Fundgrube beim Auerhammer	29	"	
1. Maas	29	"	
2. Maas	29	"	
Erbstolln	29	"	
			116
Brüderschaft am Magnetenbergk Fdgrbe.	128	"	
Sechs Brüder allda Fundgrube	122	"	
Ferner noch eine Fundgrube	122	"	
			372
			6977 $^5/_{12}$

Kuxe.

umbstehende Summe anhero			6977 $^5/_{12}$	
Christi Himmelfahrt über Muldenhammer				
	Fundgrube	22	"	
St. Samuel	Fundgrube	22	"	
	Nechste 1. Maas	22	"	
	2. Maas	22	"	
				88
Trost Ißrael in der Aue Fundgrube		66	"	
	Obere 2.Maas	66	"	
	3. Maas	66	"	
	4. Maas	66	"	
	5. Maas	66	"	
Nahe Irrgang, die obere 3. Maas		66	"	
	4. Maas	66	"	
Carols Fundgrube,	obere 3.Maas	66	"	
				528
Irrgang in der Aue	Fundgrube	24	"	
	Obere 1.Maas	24	"	
	2. Maas	24	"	
	Untere 1.Maas	24	"	
	2. Maas	24	"	
Nach der Himmelfahrt Christi Fundgrube				
	3. Maas	24	"	

47

4. Maas	24	"
5. Maas	24	"
6. Maas	24	"
7. Maas	24	"

240

Himmelfahrt zur Aue, Fundgrube	16	"
Nechste 1. Maas	16	"
2. Maas	16	"

48

Summa   7881 $5/12$

Auer Hammer Zechen und Kuxe.

St. Andreas am Lumbach, Fundgrube 128 Kuxe.

Obere 1.Maas	128	"

zu übertragen   256   "

Kuxe.

Uebertrag 256 Kuxe.

Obere 2. Maas	128	"
Obere 3. Maas	128	"
St. Johannes, Fundgrube allda	128	"

640

St. Michael am Fellbach, Fundgrube	128	"
Ritter St. Georgen, Fundgrube	128	"
Frische Glück, Fundgrube	128	"
Hoffnung, Fundgrube	64	"
Untere 2. Maas	128	"
3. Maas	128	"
Nach St. Michael in Liganden 1. Fdgrbe.	128	"
Untere 1. Maas	128	"
2. Maas	128	"
3. Maas	128	"
4. Maas	128	"
Ehrenfriedt, Fundgrube	128	"
Obere 1. Maas	128	"
2. Maas	128	"
3. Maas	128	"

Untere 1. Maas	128	"
2. Maas	128	"
3. Maas	128	"
Margaretha, Fundgrube	128	"
Obere 1. Maas	128	"
Untere 1. Maas	128	"
St. Veit, Fundgrube	128	"
Obere 1. Maas	128	"
2. Maas	128	"
Untere 1. Maas	128	"
2. Maas	128	"
Wasserlauf	———	"

$$3264$$

Summa $\quad$ 3904

Kuxe.

Carlsfelder Zechen-Kuxe.

St. Martin am Steinbach, Fundgrube	128 Kuxe.	
Untere 1. Maas	128	"
Untere 2. Maas	128	"

384

St. Margaretha, Fundgrube		
Untere 2. Maas	128	"
3. Maas	128	"
4. Maas	128	"

384

St. Michael am Steinbach, Fundgrube		
Obere 4. Maas	128	"
5. Maas	128	"
6. Maas	128	"
Stolln	64	"

448

St. Martin am Hammerberge, Fundgrube	128	"
Obere nechste Maas	128	"
Untere nechste Maas	128	"
Erbstolln	128	"

512

St. Johannes am Brückenberge, Fundgrube 128 $\quad$ "

49

Obere nechste Maas	128	"
Untere nechste Maas	128	"
Erbstolln	128	"
		512
St. Christoph am Rehhübel, Fundgrube	104	"
Obere nechste Maas	104	"
Untere nechste Maas	104	"
		312
St. Christoph am Steinbächel, Fundgrube	128	"
Untere nechste Maas	128	"
		256
Drei Brüder am Rehhübel, Fundgrube	96	"
Obere nechste Maas	96	"
Untere nechste Maas	96	"
Erbstolln	96	"
		384
		3192

		Kuxe.
Trsprtirt		3192
Maria Himmelfahrt am Rehehübel, Fundgrube 112 Kuxe.		
Obere nechste Maas	112	"
Untere nechste Maas	112	"
		336
Streit der Hoffnung am Rehehübel, Fundgrube	96	"
Obere nechste Maas	96	"
Untere nechste Maas	96	"
		288
Neujahr bei Carlsfeld uf Zwitter, Fundgrube	94	"
Obere nechste Maas	94	"
Untere nechste Maas	94	"
		282
Neugebohren Kindel in Neudeckergrund, Fundgrube	128	"
Obere nechste Maas	128	"
Untere nechste Maas	128	"
		384

St. Bartholomäus am Riesenberge, Fundgrube	128	"	
Obere nechste Maas	128	"	
Untere nechste Maas	128	"	
			384
Elisabeth, Fundgrube am Henneberg			128
Hoffnung am Steinbach, Fundgrube	48	"	
Obere 2. Maas	128	"	
3. Maas	128	"	
			304
St. Michael am Riesenberge, Fundgrube	96	"	
Untere 2. Maas	96	"	
Obere 2. Maas	96	"	
2. Maas	128	"	
3. Maas	128	"	
4. Maas	128	"	
			672
Creutz Erhöhung am Hirschberge, Fundgrube	128	"	
zu übertragen	128	"	5970

			Kuxe.
Uebertrag	128 Kuxe.		5970
Obere nechste Maas	128	"	
Untere nechste Maas	128	"	
			384
St. Johannes am Brückenberge Fundgrube	128	"	
Obere nechste Maas	128	"	
Untere nechste Maas	128	"	
			384
St. Nicolaus Fundgrube In Carlsfeldt	72	"	
Obere nechste Maas	72	"	
Untere nechste Maas	72	"	
			216
300 Lachter Seeffengebürge			128
Zeisig am Zeisiggesange, Fundgrube	128	"	
Obere 1. Maas	128	"	
Untere 1. Maas	128	"	
Obere 2. Maas	128	"	

Untere 2. Maas	128 "	
Obere 3. Maas	128 "	
Untere 3. Maas	128 "	
		896
Heiligen Creutz, Fundgrube	128 "	
Obere 1. Maas	128 "	
Obere 2. Maas	128 "	
		384
Fundgrube in der Weitterwiese uf Zwitter	—— "	
Obere 2. Maas	128 "	
3. Maas	128 "	
Untere 2. Maas	128 "	
3. Maas	128 "	
		512
Eisenhuth am Fastenberge Fundgrube	128 "	
Obere nechste Maas	128 "	
Untere nechste Maas	128 "	
		384
Segen Gottes über der Weiderwiese, Fundgrube	72 "	
Obere nechste Maas	72 "	
Untere nechste Maas	72 "	
		216
zu übertragen		9474

		Kuxe.
Uebertrag		9474
Fröhlichs Zeche, Fundgrube		16
Schwarze Bären, Fundgrube		96
Schwarzen Bären Maas		96
Rothe Löwen an der 9. Fundgrube	128 "	
Obere nechste Maas	128 "	
Untere nechste Maas	128 "	
		384
St. Bartholomäus Fundgrube	32 "	
Obere nechste Maas	32 "	
Untere nechste Maas	32 "	
		96
Glückauf, Valtin Ende Fundgrube	64 "	

1. Maas	64"	
2. Maas	64"	
	⸺	192
Neujahr in Johanngeorgenstadt		⅛
Vogelgesänger Stolln, daselbst		16
Junge Sybilla am Rehehübel, Fundgrube	16"	
Obere nechste Maas	16"	
Untere nechste Maas	16"	
	⸺	48
Neujahrs Stolln		96
6. Lehen Flöß ufn Graupenberge		48
Summa		10562⅛

Schwefel-Hüttner Zechen und Kuxe.

Vogelgesang über der Schwefelhütt, Fundgrube	128 "	
Untere nechste Maas	128"	
	⸺	256
Hoffnung zur Zschorlau, Fundgrube		128
Roth Kübel ufn Hundshübel, Fundgrube		128
St. Markus am Volkmannsbach, Fundgrube		128
St. Johannes an der Holzecke, Fundgrube	64 "	
Obere nechste Maas	64 "	
Erbstolln	128"	
	⸺	256
Summa		896

Kuxe.

Ellefelder Zechen und Kuxe.

St. Christoph zu Schönbrunn, Fundgrube	128 Kuxe.	
Erste Maas	128 "	
Andere Maas	128 "	
	⸺	384
Rothestrauß Fundgrube zu Schönbrunn	128 "	
Erste Maas	128 "	
Andere Maas	128 "	
	⸺	384
Großestrauß Fundgrube zu Lauterbach	64 "	
Erste Maas	64 "	

Andere Maas	64	"	
			192
Schwarze Strauß, Fundgrube allda			128
St. Andreas, Fundgrube am Aelschachen	128	"	
Erste obere Maas	128	"	
Erste untere Maas	128	"	
			384
Glückaufs Fundgrube am Heidenschachen	128	"	
Erste obere Maas	128	"	
Erste untere Maas	128	"	
			384
Seegen Gottes Fundgrube zu Falkenstein	128	"	
Catharina Fundgrube zu Zöbitz	64	"	
			192

$$\text{Summa} \qquad 2048$$

Summa Summarum Aller Bauenden und in Fristen Häldende Kux, alß:

Schneebergk und selbigen Bezirk	7881 $^5/_{12}$	Kux.
Hammerwerk Auer Hammmer	3904	"
Hammerwergk Carlsfeldt	10562 $^1/_8$	"
Hammerwergk Schwefelhütt	896	"
Hammerwergk Ellefeldt	2048	"
Thutt	25291 $^{13}/_{24}$	Kux.

		Kuxe.
	Uebertrag	25291 $^{13}/_{24}$

Hierzu noch

St. Galle, Fundgrube in der Sauschwemm 64 Kux.

1. nechste Maas	64	"
2. nechste Maas	64	"
		192
Summa		25483 $^{13}/_{24}$

55

Lightning Source UK Ltd.
Milton Keynes UK
UKHW011950230720
367075UK00007B/313